El Sueño de Una Noche de Verano

Por

William Shakespeare

DRAMATIS PERSONAE

TESEO, duque de Atenas.

EGEO, padre de Hermia.

LISANDRO y DEMETRIO, enamorados de Hermia.

FILÓSTRATO, director de fiestas de Teseo.

QUINCIO, carpintero.

SNUG, ensamblador.

BOTTOM, tejedor.

FLAUTO, componedor de fuelles.

SNOWT, calderero.

STARVELING, sastre.

HIPÓLITA, reina de las Amazonas, prometida de Teseo.

HERMIA, hija de Egeo, enamorada de Lisandro.

ELENA, enamorada de Demetrio.

OBERÓN, rey de las hadas.

TITANIA, reina de las hadas.

PUCK, o ROBÍN BUEN-CHICO, duende.

FLOR-DE-GUISANTE, TELARAÑA, POLILLA y GRANO-DE-MOSTAZA, hadas.

PÍRAMO, TISBE, MURO, LUZ DE LUNA y LEÓN, personajes del sainete.

Otras hadas del séquito de su rey y su reina. Séquito de Teseo e Hipólita.

La escena, en Atenas y un bosque de sus alrededores.

ACTO PRIMERO

ESCENA PRIMERA

Atenas. Cuarto en el palacio de Teseo.

(Entran TESEO, HIPÓLITA, FILÓSTRATO y acompañamiento.)

TESEO.—No está lejos, hermosa Hipólita, la hora de nuestras nupcias, y dentro de cuatro felices días principiará la luna nueva; pero ¡ah!, ¡con cuánta lentitud se desvanece la anterior! Provoca mi impaciencia como una suegra o una tía que no acaba de morirse nunca y va consumiendo las rentas del heredero.

HIPÓLITA.—Pronto declinarán cuatro días en cuatro noches, y cuatro noches harán pasar rápidamente en sueños el tiempo; y entonces la luna, que parece en el cielo un arco encorvado, verá la noche de nuestras solemnidades.

TESEO.—Ve, Filóstrato, a poner en movimiento la juventud ateniense y prepararla para las diversiones: despierta el espíritu vivaz y oportuno de la alegría y quede la tristeza relegada a los funerales. Esa pálida compañera no conviene a nuestras fiestas.

(Sale FILÓSTRATO.)

Hipólita, gané tu corazón con mi espada, causándote sufrimientos; pero me desposaré contigo de otra manera: en la pompa, el triunfo y los placeres.

(Entran EGEO, HERMIA, LISANDRO y DEMETRIO.)

EGEO.—¡Felicidades a nuestro afamado duque Teseo!

TESEO.—Gracias, buen Egeo ¿Qué nuevas traes?

EGEO.—Lleno de pesadumbre vengo, a quejarme contra mi hija Hermia. Avanzad, Demetrio. Noble señor, este hombre había consentido en casarse con ella… Avanzad Lisandro. Pero éste, bondadoso duque, ha seducido el corazón de mi hija. Tú, Lisandro, tú le has dado rimas y cambiado con ella presentes amorosos; has cantado a su ventana en las noches de la luna con engañosa voz versos de fingido afecto, y has fascinado las impresiones de su imaginación con brazaletes de tus cabellos, anillos, adornos, fruslerías, ramilletes, dulces y bagatelas, mensajeros que las más veces prevalecen sobre la inexperta juventud; has extraviado astutamente el corazón de mi hija y convertido la obediencia que me debe en ruda obstinación. Así, mi benévolo duque, si aquí en presencia de vuestra alteza no consiente en casarse con Demetrio, reclamo el antiguo privilegio de Atenas: siendo mía, puedo disponer de ella, y la destino a ser esposa de este caballero o morir según la ley establecida para este caso.

TESEO.—¿Qué decís, Hermia? Tomad consejo, hermosa doncella. Vuestro padre debe ser a vuestros ojos como un dios. Él es autor de vuestras bellezas, sois como una forma de cera modelada por él, y tiene el poder de conservar o borrar la figura. Demetrio es un digno caballero.

HERMIA.—También lo es Lisandro.

TESEO.—Lo es en sí mismo; pero faltándole en esta coyuntura el favor de vuestro padre, hay que considerar como más digno el otro.

HERMIA.—Desearía solamente que mi padre pudiese mirar con mis ojos.

TESEO.—Más bien vuestro discernimiento debería mirar con los ojos de vuestro padre.

HERMIA.—Que vuestra alteza me perdone. No sé qué poder me inspira audacia, ni como podrá convenir a mi modestia el abogar por mis sentimientos en presencia de tan augusta persona; pero suplico a vuestra alteza que se digne decirme cual es el mayor castigo en este caso si rehúso casarme con Demetrio.

TESEO.—O perder la vida o renunciar para siempre a la sociedad de los hombres. Consultad pues, hermosa Hermia, vuestro corazón, daos cuenta de vuestra tierna edad, examinad bien vuestra índole para saber si en el caso de resistir a la voluntad de vuestro padre podréis soportar la librea de una vestal, ser para siempre aprisionada en el sombrío claustro, pasar toda la vida en estéril fraternidad entonando cánticos desmayados a la fría y árida luna. Tres veces benditas aquellas que pueden dominar su sangre y sobrellevar esta casta peregrinación; pero en la dicha terrena más vale la rosa arrancada del tallo que la que marchitándose sobre la espina virgen crece, vive y muere solitaria.

HERMIA.—Así quiero crecer, señor, y vivir y morir, antes que sacrificar mi virginidad a un yugo que mi alma rechaza y al cual no puedo someterme.

TESEO.—Tomad tiempo para reflexionar; y por la luna nueva, día en que se ha de sellar el vínculo de eterna compañía entre mi amada y yo, preparaos a morir por desobediencia a vuestro padre, o a desposaros con Demetrio, o a abrazar para siempre en el altar de Diana la vida solitaria y austera.

DEMETRIO.—Cede, dulce Hermia. Y tú, Lisandro, renuncia a tu loca pretensión ante la evidencia de mi derecho.

LISANDRO.—Demetrio, tenéis el amor de su padre. Dejadme el de Hermia. Casaos con él.

EGEO.—Desdeñoso Lisandro, es verdad que tiene mi amor y por eso le doy lo que es mío. Ella es mía, y cedo a Demetrio todo mi poder sobre ella.

LISANDRO.—Señor, tan bien nacido soy como él y mi posición es igual a la suya; pero mi amor le aventaja. Mi fortuna es en todos los casos considerada tan alta, si no más, que la de Demetrio. Y lo que vale más que todas estas ostentaciones, soy el amado de la hermosa Hermia. ¿Por qué, pues, no habría yo de sostener mi derecho? Demetrio, lo digo en su presencia, cortejó a Elena, la hija de Nedar, y conquistó su corazón; y ella, pobre señora, ama entrañablemente, ama con idolatría a este hombre inconstante y desleal.

TESEO.—Confieso haber oído referir esto mismo y me proponía a hablar sobre ello con Demetrio; pero agobiado por innumerables negocios, perdí de vista aquel intento. Sin embargo, venid, Egeo y Demetrio; debo comunicaros algunas instrucciones. Y en cuanto a vos, bella Hermia, haced el ánimo de acomodaros a la voluntad de vuestro padre; o, si no, a sufrir la ley de Atenas, que en manera alguna podemos atenuar, la cual os condena a la muerte o al voto de vida célibe. Ven, Hipólita mía, ¿qué regocijo idearemos, amor mío? Venid también Egeo y Demetrio; tengo que emplearos en lo relativo a mis nupcias y conferenciar con vosotros acerca de algo que de un modo más inmediato os concierne.

EGEO.—Por deber y por afecto os seguimos.

(Salen TESEO, HIPÓLITA, EGEO, DEMETRIO y el séquito.)

LISANDRO.—¿Y bien, amor mío? ¿Por qué palidecen tanto tus mejillas? ¿Cómo es que sus rosas se decoloran tan pronto?

HERMIA.—Parece que por falta de lluvia; si bien podría yo regarlas de sobra con la tormenta de mis ojos.

LISANDRO.—¡Ay de mí! Cuanto llegué a leer o a escuchar, ya fuese de historia o de romance, muestra que jamás el camino del verdadero amor se vio exento de borrascas. Unas veces nacen los obstáculos de la diversidad de las condiciones.

HERMIA.—¡Oh manantial de contradicciones y desgracias, el amor que sujeta al príncipe a los pies de la humilde pastora!

LISANDRO.—Otras veces está la desproporción en los años.

HERMIA.—Triste espectáculo ver el otoño unido a la primavera.

LISANDRO.—Otras, en fin, forzaron a la elección las ciegas cábalas de amigos imprudentes.

HERMIA.—¡Oh infierno! ¡Elegir amor por los ojos de otro!

LISANDRO.—O si cabía afecto en la elección, la guerra, la enfermedad, la muerte la asediaron; haciendo que el goce fuese momentáneo como el sonido, rápido como la sombra, breve como un corto sueño y fugaz como el relámpago que en la oscuridad de la noche ilumina cielo y tierra, y antes que el hombre tenga tiempo de decir «¡mira!», se ha perdido ya en el seno de las tinieblas: tan pronto las cosas brillantes se abisman en las sombras de la confusión.

HERMIA.—Pues si los verdaderos amantes siempre fueron contrariados, ha de ser por decreto del destino. Armémonos, pues, de paciencia en nuestra prueba, ya que ésta no es sino una cruz habitual, tan propia del amor como los pensamientos, las ilusiones, los suspiros, los deseos y las lágrimas, triste séquito de la fantasía.

LISANDRO.—Prudente consejo. Escucha, por tanto, Hermia. Tengo una anciana tía viuda, y muy opulenta y sin hijos, que me considera como su hijo único. Su casa dista siete leguas de Atenas; y allí, gentil Hermia, podremos desposarnos, pues la dura ley de Atenas no puede perseguirnos hasta allí. Si me amas, abandona sigilosamente la casa de tu padre mañana por la noche, que yo te aguardaré en el bosque a una legua de la ciudad, en el punto donde te encontré una vez con Elena para observar el rito de la mañana de mayo.

HERMIA.—Buen Lisandro mío, te juro por el más firme arco de Cupido, por el candor de las palomas de Venus, por cuanto une las almas y ampara los amores y por aquel fuego que abrasaba a la reina de Cartago al ver la vela fugitiva del falso troyano; por todos los juramentos que los hombres han quebrantado y que ninguna mujer podría enumerar, te juro que me encontraré mañana a tu lado en el mismo sitio que designas.

LISANDRO.—Cumple tu promesa, amor mío. Mira, aquí viene Elena.

(Entra ELENA.)

HERMIA.—Sed con Dios, bella Elena. ¿Adónde te vais?

ELENA.—¿Bella me llamas? Retirad ese nombre. Demetrio ama vuestra hermosura. ¡Oh hermosura feliz! Vuestros ojos son estrellas, y la música de vuestra voz en más armoniosa que el canto de la alondra a los oídos del pastor cuando verdea el trigo y asoman los capullos del blanco espino. ¿Por qué, si las enfermedades son contagiosas, no hubo de serlo el favor? Entonces tomaría yo el vuestro antes de irme, mi oído adquiriría vuestra voz, mis ojos el encanto de los vuestros, mi lengua la dulce melodía de la vuestra. Si todo el mundo fuera mío…, excepto Demetrio, os daría el mundo todo. ¡Oh! ¡Enseñadme vuestro hechizo y por qué arte dirigís los impulsos del corazón de Demetrio!

HERMIA.—Lo miro con semblante adusto y, sin embargo, me ama.

ELENA.—¡Ah, si vuestro enojo pudiera enseñar a mis sonrisas semejante destreza!

HERMIA.—Lo maldigo y, sin embargo, me ama.

ELENA.—¡Si pudieran mis súplicas obtener semejante afecto!

HERMIA.—Cuanto más lo aborrezco más, más tenazmente me persigue.

ELENA.—¡Cuanto más lo amo más me aborrece!

HERMIA.—Su insensatez no es culpa mía, Elena.

ELENA.—No, pero lo es de vuestra belleza. Ya quisiera yo ser culpable de esa falta.

HERMIA.—Cobrad aliento, que él no volverá a verme. Lisandro y yo vamos a abandonar este lugar. Antes de conocer a Lisandro me parecía Atenas un paraíso; ¿pues qué seducciones hay en mi amor para que haya convertido un cielo en infierno?

LISANDRO.—Elena, os revelamos nuestro intento. Mañana a la noche, cuando Febe contemple su argentada faz en el cristal de las aguas, convirtiendo en perlas líquidas el rocío sobre las hojas del césped, hora propicia aún a la fuga de los amantes, hemos convenido en salir furtivamente de Atenas.

HERMIA.—Y nos encontraremos en el bosque, allí donde vos y yo solíamos, reclinadas sobre lechos de rosas, confiarnos a nuestros amorosos devaneos; y de allí apartaremos la vista de Atenas para buscar nuevos amigos y la sociedad de los extraños. ¡Adiós, mi dulce compañera; rogad por nosotros, y que la buena suerte os entregue a vuestro Demetrio! Sed fiel a la promesa, Lisandro; hasta mañana a medianoche hemos de privar nuestros ojos del alimento de los amantes.

(Sale HERMIA.)

LISANDRO.—Puedes estar segura de que lo haré, Hermia mía. Adiós Elena, y que Demetrio os ame tanto como vos a él.

(Sale LISANDRO.)

ELENA.—¡Cuánto más felices pueden ser unos que otros! En toda Atenas se me tiene por tan hermosa como ella. Pero, ¿de qué me sirve? Demetrio no piensa así y no quiere saber lo que todos saben. Y así como él se extravía, fascinado por los ojos de Hermia, me ciego yo admirando las cualidades que en él veo. Pero el amor puede transformar en belleza y dignidad cosas bajas y viles, porque no ve con los ojos, sino con la mente, y por eso pinta ciego a Cupido el alado. Ni tiene en su mente el amor señal alguna de discernimiento; como que las alas y la ceguera son signos de imprudente premura. Y por ella se dice que el amor es niño, siendo tan a menudo engañado en la elección. Y como en sus juegos perjuran los muchachos traviesos, así el rapaz amor es perjurado en todas partes; pues antes de ver Demetrio los ojos de Hermia me juró de rodillas que era sólo mío; más apenas sintió el calor de su presencia, deshiciéronse sus juramentos como el grano al sol. Yo le avisaré la fuga de la bella Hermia, y mañana por la noche le acompañaré al bosque para perseguirla; que si por este aviso me queda agradecido, recibiré en ello un alto aprecio, aunque si aspiro a mitigar mi pena, sólo es poder mirarlo a la ida y a la vuelta.

(Sale ELENA.)

ESCENA SEGUNDA

Cuarto en una quinta.

(Entran SNUG, BOTTOM, FLAUTO, QUINCIO, SNOWT y STARVELING.)

QUINCIO.—¿Están aquí todos vuestros compañeros?

BOTTOM.—Mejor haréis en llamarlos uno a uno, según la lista.

QUINCIO.—He aquí la nómina de los que, en toda Atenas, son considerados aptos para desempeñar el sainete que se ha de representar ante el duque y la duquesa en la noche de sus bodas.

BOTTOM.—Primero, buen Pedro Quincio, decid sobre qué asunto versa la representación, leed los nombres de los actores y luego distribuid los papeles.

QUINCIO.—Ciertamente. Nuestra representación es La muy lamentable comedia y muy cruel muerte de Píramo y Tisbe.

BOTTOM.—Hermoso trabajo, os aseguro, y en extremo alegre. Ahora, mi excelente Quincio, llamad por lista a vuestros actores. Maestros, presentaos.

QUINCIO.—Responded a medida que os llame. Nick Bottom, el tejedor.

BOTTOM.—Listo. Decid el papel que me toca, y adelante.

QUINCIO.—Vos, Nick Bottom, habéis sido designado para Píramo.

BOTTOM.—¿Qué es Píramo, un tirano o un amante?

QUINCIO.—Un amante que por amor se mata con el más grande heroísmo.

BOTTOM.—Eso para ser bien representado necesita algunas lágrimas: si he de hacer el papel, ya veréis al auditorio llorar a moco tendido. Levantaré una borrasca, y en cierto modo conmoveré algo. Por lo demás, mi vocación es la de tirano. Podría representar a Hércules con rara perfección, o un papel en que se destrozara a un gato, para que todo quedara hecho trizas.

Con trémulos golpes las rocas rabiosas

rompen los candados de toda prisión,

y el faro de Febo que alumbra las nubes

los hados revuelve, girando veloz.

¡Esto es sublime! Decid ahora los nombres de los otros actores. Éste es el estilo de Hércules, el estilo de un tirano. Un amante es más plañidero.

QUINCIO.—Francisco Flauto.

FLAUTO.—Presente, Pedro Quincio

QUINCIO.—Tisbe es el papel que os corresponde.

FLAUTO.—¿Qué es Tisbe? ¿Un caballero andante?

QUINCIO.—Es la señora a quien ha de amar Píramo.

FLAUTO.—No, a fe mía, no me hagáis representar a una mujer. Ya me está saliendo la barba.

QUINCIO.—Eso no importa. Llevaréis máscara y podréis fingir la voz tanto como queráis.

BOTTOM.—Si es cosa de esconder la cara, dejadme hacer también el papel de Tisbe. Soltaré una vocecita admirable: «¡Ah Píramo, mi adorado amante! ¡Tu idolatrada Tisbe y querida señora!»

QUINCIO.—No, no. Debéis representar a Píramo vos, y a Tisbe, Flauto.

BOTTOM.—Bien. Continuad.

QUINCIO.—Robin Starveling, sastre.

STARVELING.—Heme aquí, Pedro Quincio.

QUINCIO.—Robin Starveling, debéis representar a la madre de Tisbe. Tom Snowt, el calderero.

SNOWT.—Aquí, Pedro Quincio.

QUINCIO.—Vos al padre de Píramo; yo, al de Tisbe. Snug, el ensamblador, vos el papel de león. Y con esto creo que queda bien ordenada la representación.

SNUG.—¿Tenéis escrito el papel de león? Si es así, os suplico que me lo deis, pues no tengo gran facilidad para aprender de memoria.

QUINCIO.—Podéis hacerlo de improviso, pues no tenéis que hacer más que rugir.

BOTTOM.—¡Dejadme hacer también de león! Ya veréis si cada rugido que yo dé no hará saltar de alegría el corazón de cualquiera. Hasta el duque ha de exclamar: «¡Que vuelva a rugir!, ¡que vuelva a rugir!»

QUINCIO.—Pero lo harías de un modo tan terrible que se asustarían la duquesa y las señoras, y se pondrían a dar alaridos, y con eso ya habría lo suficiente para que nos colgaran a todos.

TODOS.—¿A todos?

BOTTOM.—Os garantizo amigos, que si dierais algún gran susto a las señoras no les volvería el alma al cuerpo mientras no estuviésemos colgados en la horca; pero yo ahuecaré de tal forma la voz que me oiréis rugir tan dulcemente como una palomita recién nacida: rugiré lo mismo que si fuese un ruiseñor.

QUINCIO.—No podéis desempeñar otro papel que el de Píramo; porque Píramo es un hombre simpático, hombre correcto como el que se puede ver en un día de verano, hombre de todo punto amable y caballeroso.

BOTTOM.—Bueno; haré lo que pueda. ¿Qué barba os parece mejor que me ponga para la función?

QUINCIO.—Por supuesto la que se os antoje.

BOTTOM.—Llenaré mi cometido con vuestra barba color de paja, vuestra barba color naranja, vuestra barba color morado oscuro o vuestra barba color de cabeza francesa, vuestro amarillo perfecto.

QUINCIO.—Algunas de vuestras cabezas francesas no tienen cabello alguno, y así seríais un actor calvo. Pero, maestro, he aquí vuestros papeles, y estoy en el deber de insinuaros, requeriros y expresaros mi deseo de ensayarlos mañana por la noche. Nos reuniremos en el bosque de palacio, a una milla distante de la ciudad, y a la luz de la luna. Allí podremos hacer el ensayo, porque en la ciudad se haría conocido nuestro plan y nos asediarían las gentes. Al mismo tiempo haré una lista de los objetos necesarios que la representación requiere; ¡ojo!, y no faltéis.

BOTTOM.—Nos reuniremos y allí podremos ensayar con mayor libertad y osadía. Daos algún trabajo, ser perfectos. Adiós.

QUINCIO.—Nos encontraremos en el roble del duque.

BOTTOM.—Está dicho: cumpliremos, o caiga sobre nosotros la desgracia.

(Salen.)

****

ACTO SEGUNDO

ESCENA PRIMERA

Bosque cerca de Atenas.

(Entran un HADA por un lado y PUCK por otro.)

PUCK.—¿Hacia dónde vagáis ahora, señor espíritu?

HADA.—Sobre la colina, sobre el llano, entre la maleza, entre los matorrales, sobre el parque, sobre el cercado, a través del agua, a través del fuego, por todas partes voy vagando más rápida que la esfera de la luna, y sirvo a la reina de las hadas para llenar de rocío sus verdes dominios. Las altas velloritas son sus discípulas. ¿Veis manchas en sus mantos de oro? Esos son rubíes, regalos de hadas; en esas manchas viven sus perfumes, y tengo que ir a buscar allí algunas gotas de rocío y colgar una perla en la oreja de cada prímula. Adiós, ¡oh tú, el más pesado de los espíritus! Me voy. Ya nuestra reina y todo su séquito no tardarán en llegar.

PUCK.—El rey viene a celebrar aquí sus fiestas. Cuida tú de que la reina no se presente a su vista, pues Oberón está loco de furor por ella; para que le sirva de paje, le ha robado un hermosísimo muchacho a un rey indio. Jamás había tenido ella un pupilo tan encantador, y Oberón, celoso, habría querido que el muchacho fuese un caballero de su séquito para recorrer los bosques enmarañados. Pero ella retiene por la fuerza al chico, lo corona de flores y se deleita con él. Y por eso ahora nunca se encuentran Oberón y ella en gruta o pradera o clara fuente, alumbrada por las estrellas, sin que se peleen de modo que, asustados todos los duendes, se oculten en los cálices de las botellas de la encina.

HADA.—O yo equivoco enteramente vuestra forma o sois el astuto y maligno espíritu Robín buen-chico. ¿No sois aquél que asusta a las muchachas de la aldea, espuma la leche y a veces trabaja en el molino de mano echando a perder todo el contenido de la mantequera de la pobre mujer hacendosa, y en ocasiones hace que espumee la cerveza? ¿No extraviáis a los que viajan de noche y os reís del daño que sufren? Hacéis el trabajo de los que os llaman buen duende y lindo Puck, y le dais buena ventura. ¿No sois ese espíritu?

PUCK.—Has hablado con acierto. Yo soy aquel alegre peregrino de la noche; yo hago chanzas que hacen sonreír a Oberón, como cuando atraigo algún caballo gordo y bien nutrido de grano imitando el relincho de una potranca, y algunas veces me escondo en el tazón de alguna comadre, pareciendo en todo como un cangrejo asado, y cuando va a beber choco contra su labio y hago caer la cerveza sobre su blanco delantal. Suele acontecer que la tía más prudente, refiriendo un tristísimo cuento, me equivoca con su sitial de tres pies; me escurro al punto y cae a plomo gritando y se apodera de ella un acceso de tos. Entonces toda la concurrencia, apartándose los costados, se ríe y estornuda y jura que nunca se ha pasado allí hora más alegre. Pero haz sitio, que aquí viene Oberón.

HADA.—Y aquí mi señora. Desearía que se hubiese ido.

(Entran OBERÓN por un lado, con su séquito, y TITANIA por otro, con el suyo.)

OBERÓN.—En mala hora os encuentro a la luz de la luna, orgullosa Titania.

TITANIA.—¿Y bien, celoso Oberón? Hadas, alejaos de aquí. He renegado de su lecho y de su sociedad.

OBERÓN.—Poco a poco, jactanciosa. ¿No soy tu señor?

TITANIA.—Pues entonces debería ser yo tu señora. Pero yo sé cuándo te has deslizado fuera de la tierra de las hadas y has pasado todo el día sentado en forma de Corino el pastor, tocando flautas de tallo de maíz y cantando versos de amores a la enamorada Fílida. ¿Por qué te encuentras aquí habiendo venido desde la más remota llanura desierta de la India? Solamente, a fe mía, porque la altiva amazona, vuestra turbulenta señora y amante guerrera, debe desposarse con Teseo, y venís a dar alegría y prosperidad a su lecho.

OBERÓN.—¿Cómo puedes tener la insolencia, de aludir así a mi valimiento con Hipólita, cuando sabes que conozco tu amor por Teseo? ¿No eres tú quien lo guio en la estrellada noche lejos de Perigenio, a quien había reducido? ¿Y no le hiciste quebrantar su promesa a la hermosa Eglé, y a Ariadna, y a Antíope?

TITANIA.—Todo eso es puro invento de los celos. Nunca, desde las noches de la canícula, nos hemos encontrado en colina o llanura, en bosque o en pradera, junto al surtidor esculpido o el arroyo fugaz, o en la arenosa playa del mar, para bailar nuestras danzas en el viento silbador, sin que hayas venido a perturbar nuestra fiesta con tus disputas. Y por eso los vientos, llamándonos en vano con su música, han absorbido, como por venganza, las nieblas contagiosas del mar, y cayendo éstas sobre la tierra han engrandecido de tal modo los más modestos ríos que rebosaron por encima de sus márgenes. Así es que en vano jadeaba el buey bajo su yugo y que el labrador haya prodigado su sudor. El verde maíz se ha podrido antes que el penacho coronase su espiga, el redil permanece vacío en el campo inundado, y los cuervos se ceban en los rebaños muertos. Desierto y lleno de lodo está el sitio de las danzas con tamboriles y castañuelas, y por la falta de tráfico es imposible de discernir las caprichosas masas de verduras en el laberinto rústico. Aquí falta a los mortales su invierno y no hay noche alguna alegrada por un himno o una canción. La luna, que preside a las inundaciones, pálida de cólera por todo esto, inunda los aires y hace que abunden las enfermedades reumáticas; y a favor de esta perturbación vemos alteradas las estaciones. El granizo de cabeza cana cae en el fresco regazo de la encarnada rosa, y una guirnalda de perfumados botones se pone como por burla sobre la barba del viejo invierno y encima de su corona de hielo. La primavera, el verano, el fértil otoño, el sañudo invierno cambian sus acostumbradas libreas y el mundo, atónito con su aumento, no sabe ahora distinguir la una de la otra. Y toda esta serie de males se engendra por nuestra disensión. Nosotros somos sus progenitores y su manantial.

OBERÓN.—Pues entonces remédialos, que de ti sola depende. ¿Por qué se empeñaría Titania en contradecir a su Oberón? Todo lo que pido no es más que un tierno rapazuelo para que me sirva de paje.

TITANIA.—Deja tu corazón en paz, que todo el reino de las hadas no bastaría para comprarme ese niño. Su madre era una sacerdotisa de mi orden, y por la noche, en el aire embalsamado de la India, habló conmigo muchas veces y se sentó a mi lado en las amarillas arenas de Neptuno, señalando las veleras naves sobre las olas. Nos reíamos al ver las velas hincharse como si hubieran concebido bajo el caprichoso viento, y ella con agraciada ondulación las imitaba, al peso de su seno que ya atesoraba a mi joven caballero, y emprendía viajes para traerme bagatelas, y volvía aun, como de larga navegación, rica de mercancías. Pero, a fuer de mortal, sucumbió al dar a luz al niño, y yo, en amorosa memoria de ella, lo crie, y en memoria de ella no me separé de él.

OBERÓN.—¿Cuánto tiempo pensáis permanecer en este bosque?

TITANIA.—Quizá hasta después del día de las bodas de Teseo. Si queréis pacientemente tomar parte en nuestra danza y ver nuestros juegos en la claridad de la luna, venid con nosotros. Si no, alejaos de mí y yo evitaré los lugares que frecuentáis.

OBERÓN.—Dame a ese chiquillo y yo iré contigo.

TITANIA.—No, ni por todo tu reino. Vámonos, hadas, pues si me quedo más tiempo vamos a reñir de todas todas.

(Salen TITANIA y su séquito.)

OBERÓN.—Bien, sigue tu camino, que no saldrás de esta enramada sin que yo te haya atormentado por esta ofensa. Ven aquí, mi gentil Puck. ¿Te acuerdas de cuando me senté en un promontorio y vi a una sirena sobre el dorso de un delfín entonando un aria tan dulce y melodiosa que hasta el rudo océano se apaciguó al oir su canto, y ciertas estrellas se lanzaron enloquecidas de sus esferas para gozar la música de la marina doncella?

PUCK.—Me acuerdo.

OBERÓN.—En ese mismo tiempo vi, aunque no lo podrías ver tú, volar entre la fría luna y la tierra a Cupido llevando sus armas. Apuntó a cierta hermosa vestal entronizada hacia el oeste y lanzó una saeta de amor con suma destreza, como para atravesar cien mil corazones; más se extinguió el inflamado dardo de Cupido en los húmedos rayos de la casta luna, y la imperial virgen paso sin cuidado en solitaria y tranquila meditación. Obervé, sin embargo, el sitio donde el proyectil de Cupido cayó hiriendo una pequeña flor de occidente, blanca como la leche, y a la cual las doncellas llaman el amor desconsolado. Tráeme esa flor; ya en otra ocasión te mostré la planta. Su jugo, vertido sobre los dormidos párpados, hace que el hombre o la mujer se enamore perdidamente de la primera criatura viva que vea. Tráeme esa hierba y cuida de volver aquí antes que el leviatán pueda haber nadado una legua.

PUCK.—Daré una vuelta completa alrededor de la tierra en cuarenta minutos.

(Sale PUCK.)

OBERÓN.—Una vez en posesión de ese jugo, acecharé el momento en que Titania esté dormida y verteré el líquido sobre sus ojos. La primera cosa que mire al despertar, ya sea un león, un oso, un lobo, un buey, un mico travieso o un afanoso orangután, le inspirará un amor irresistible, y antes que yo libre sus ojos de ese encanto, como puedo hacerlo por medio de otra hierba, le obligaré a que me entregue su paje. Pero, ¿quién viene? Soy invisible y puedo escuchar su conversación.

(Entra DEMETRIO, y ELENA detrás de él.)

DEMETRIO.—No te amo, es inútil que me persigas. ¿Dónde están Lisandro y la hermosa Hermia? Mataré al uno; la otra me mata a mí. Me dijiste que se habían refugiado ocultamente en este bosque, y heme aquí, como un loco, porque no puedo encontrarme con Hermia. Ea, vete de aquí y no me sigas más.

ELENA.—Vos me atraéis, imán de mi corazón empedernido; pero no es hierro lo que atraéis, pues mi corazón es más fino que el acero. Despojaos de ese poder y yo no tendré el de seguiros.

DEMETRIO.—¿Acaso os solicito? ¿Os hablo con dulzura? ¿O antes bien, no os digo en los términos más claros que no os amo ni puedo amaros?

ELENA.—Y aun por eso mismo os amo más. Soy vuestro sabueso, y cuanto más me golpeéis, Demetrio, más os acariciaré. Tratadme como a vuestro sabueso; echadme, dadme golpes, descuidadme, abandonadme, pero permitid tan sólo que, a pesar de no ser digna de vos, pueda seguiros. ¿Qué puesto más humilde puedo implorar en vuestro afecto, y sin embargo lo estimo muy alto, que el de ser tratada como tratáis a vuestro perro?

DEMETRIO.—No tientes demasiado la aversión de mi alma, porque sólo el verte me llena de disgusto.

ELENA.—Y a mí me llena de disgusto el no mirarte.

DEMETRIO.—Demasiado acusáis vuestra modestia abandonando la ciudad, entregándoos en manos de quien no os ama, sin desconfiar de la oportunidad de la noche ni del mal consejo de un lugar desierto, mientras lleváis el tesoro de la virginidad.

ELENA.—Me sirve de escudo vuestra virtud. Para mí no es noche cuando veo vuestro rostro, y así no me parece que estamos en la noche. Ni falta a este bosque un mundo de sociedad, pues para mí vos solo sois todo el mundo. ¿Cómo decir, pues, que estoy sola, si todo el mundo está aquí para verme?

DEMETRIO.—Huiré de ti y me ocultaré en las breñas, y te dejaré a merced de las fieras.

ELENA.—La más feroz no tiene un corazón como el vuestro. Huid adonde queráis; se habrán trocado los papeles de la historia. Apolo huye y Dafne le da caza; la tórtola persigue al milano; la mansa cierva se apresura a atrapar al tigre. ¡Inútil prisa cuando es la cobardía quien persigue y el valor el que huye!

DEMETRIO.—No quiero discusiones contigo. Déjame ir, y si me persigues, ten por seguro que te haré algún mal en el bosque.

ELENA.—Sí; en el templo, en la ciudad, en el campo, me hacéis mal. ¡Qué vergüenza, Demetrio! Vuestras ofensas tienen escandalizado a mi sexo. Nosotras no podemos combatir, como podrían los hombres, por amor. No fuimos hechas para conquistar, sino para ser conquistadas. Te seguiré, y haciendo de un infierno un cielo, moriré por la mano que amo tanto.

(Salen DEMETRIO y ELENA.)

OBERÓN.—Ve con Dios, ninfa. Antes que abandone esta espesura, tú huirás de él y él buscará tu amor.

(Vuelve a entrar PUCK.)

¿Tienes ahí la flor? Bienvenido, peregrino.

PUCK.—Sí; hela aquí.

OBERÓN.—Te ruego que me la des. Conozco un barranco donde crece el tomillo silvestre y se balancea la violeta junto a las primuláceas, sombreado por madreselvas, fragantes rosas y lindos escaramujos. Allí duerme Titania una parte de la noche, arrullada en esas flores con danzas de regocijos, y allí se despoja la serpiente de su esmaltada piel, bastante ancha para servir de vestidura a un hada. Inundaré sus ojos con el jugo de esta flor y quedará llena de odiosas fantasías. Toma un poco de este jugo y busca en el bosque. Hay una dulce niña ateniense que ama a un desdeñoso joven. Vierte el bálsamo en los ojos de éste, pero hazlo cuando sea la señora el primer objeto que haya de ver al despertar. Conocerás al hombre por el traje ateniense con que está vestido. Haz todo esto con la debida precaución, a fin de que resulte quedar él más apasionado de ella, que ésta de aquél. Y cuida de encontrarme antes del primer canto del gallo.

PUCK.—Estad tranquilo, señor. Vuestro súbdito hará lo que decís.

(Sale PUCK.)

ESCENA SEGUNDA

Otra parte del bosque.

(Entra TITANIA con su séquito.)

TITANIA.—¡Ea!, bailemos y cantemos, y enseguida, por un tercio de minuto, alejaos: unas a matar al gusano en los olorosos capullos de las rosas, otras a cazar a los murciélagos para hacer con sus alas barnizadas las ropas de mis pequeños duendes, y algunas a mantener alejado al búho chillón que se azora a la vista de nuestros espíritus y turba la noche con sus gritos. Cantad al son para dormirme; luego cada cual a su faena, y dejadme reposar.

HADA 1ª.—(Canta.)

Bilingües sierpes manchadas

y erizos, no os dejéis ver.

Orvetos y lagartijas

a la reina no toquéis.

CORO.—(Canta.)

Los trinos del rueiseñor

arrullen su sueño en paz,

y no le turben encantos,

magia, hechizos ni mal.

HADA 2ª.—(Canta.)

Las arañas tejedoras

ténganse lejos de aquí,

y el oscuro escarabajo

y el empolvado reptil.

CORO.—(Canta.)

Los trinos del ruiseñor

arrullen su sueño en paz,

y no le turben encantos,

magia, hechizos ni mal.

HADA 1ª—(Canta.)

Partamos. Que a nuestro dueño

una sola vele el sueño.

(Salen las hadas. TITANIA duerme. Entra OBERÓN.)

OBERÓN.—Lo que veas al despertar (exprime la flor en los párpados de Titania), esto sea tu verdadero amor. Ama y languidece por ello; ya sea onza, gato, oso, leopardo o cerdoso verraco, ha de aparecer a tus ojos, cuando despiertes, como digno de ser amado. Y despierta cuando esté cerca algún objeto vil.

(Sale OBERÓN. Entran LISANDRO y HERMIA.)

LISANDRO.—Amor mío, estáis a punto de desmayaros a fuerza de peregrinar por el bosque, y a decir verdad he perdido el camino. Descansemos, Hermia, si os parece bien, y aguardemos la luz del día.

HERMIA.—Sea, Lisandro. Buscad un lecho para vos, que reclinaré la cabeza sobre este banco.

LISANDRO.—El mismo hacecillo de hierbas servirá de almohada para los dos. Un corazón, un lecho, dos pechos y una fe.

HERMIA.—No, buen Lisandro, amado mío. Por amor a mí, yaced a más distancia, no tan cerca.

LISANDRO.—¡Oh! Comprended, vida mía, el sentido inocente de mis palabras. En los coloquios de amor, el amor percibe el intento. Quiero decir que mi corazón está ligado al vuestro de modo que ambos sólo pueden ser uno: dos pechos unidos por un mismo juramento no son sino dos pechos y una sola fe. No me niegues pues, un lecho a tu lado, porque descansando junto a ti no sueño en traiciones.

HERMIA.—Lisandro habla con ingeniosa agudeza; habría ofendido mi educación y mi orgullo si hubiese pensado mal de Lisandro. Pero, por amor y por cortesía, yaced un tanto más lejos, gentil amigo mío. En la modestia humana semejante separación es lo que corresponde a un honrado soltero y a una doncella. Así, alejaos y buenas noches, dulce amigo. Nunca se mude tu amor hasta el fin de tu vida.

LISANDRO.—Y yo digo amén, amén a esa dulce plegaria. Que mi vida acabe donde concluya mi lealtad. He aquí mi lecho. Que te brinde el sueño toda su paz.

HERMIA.—Con la mitad de ese deseo cerraría contenta los párpados.

(Duermen. Entra PUCK.)

PUCK.—He recorrido el bosque, pero no he hallado ateniense alguno en cuyos ojos pueda probar el poder del jugo de esta flor para suscitar una pasión. ¡Noche y silencio! ¿Quién hay allí? Lleva vestido de Atenas. Éste, a lo que dijo mi señor, es aquél que menosprecia a la virgen ateniense. Y he aquí a la pobre doncella dormida profundamente sobre la tierra húmeda y sucia. ¡Pobre paloma! ¡No se atreve a acostarse junto a ese desalmado y descortés villano! Sobre tus ojos vierto todo el poder de este encanto; que cuando despiertes, el amor no te deje cerrar los ojos; y despierta tan luego como me haya ido, pues he de retornar junto a Oberón.

(Sale PUCK. Entran DEMETRIO y ELENA, corriendo.)

ELENA.—Detente, aunque me mates, dulce Demetrio.

DEMETRIO.—Te exijo que te alejes, no me persigas así.

ELENA.—¡Oh, amado mío! ¿Me abandonarías? No, no lo hagas.

DEMETRIO.—Detente o te mato; quiero ir solo.

(Sale DEMETRIO.)

ELENA.—¡Ah! ¡Estoy sin aliento por esta caza de afecto! Cuanto más ardiente mi súplica, menos merced alcanza. Dichosa Hermia, dondequiera que se halle, porque tiene ojos bendecidos y seductores. ¿Qué es lo que les da tanto brillo? No las acerbas lágrimas, que de ser así, mis ojos, que han llorado más, estarían más brillantes que los suyos. No, no. Soy fea como un oso, porque las fieras que me encuentran huyen amedrentadas. No es maravilla que Demetrio, como de un monstruo, huya de mi presencia. ¿Qué engañoso y maligno espejo pudo hacerme comparar mis ojos con los de Hermia? Pero, ¿quién hay aquí? ¡Lisandro! ¡En el suelo! ¿Está muerto o dormido? Pero no veo sangre ni herida. Lisandro, buen caballero, si estáis vivo, despertad.

LISANDRO.—(Despertando.) Y por tu dulce amor me arrojaré al fuego. ¡Transparente Elena! La naturaleza en ti despliega su arte, pues a través de mi pecho me deja ver tu corazón. ¿En dónde está Demetrio? ¡Oh! ¡Cuán bien le estaría morir al filo de mi espada!

ELENA.—No digáis eso, Lisandro, no lo digáis. ¿Qué importa que él ame a Hermia? ¿Qué? A despecho de él, Hermia os ama. Debéis estar contento.

LISANDRO.—¿Contento con Hermia? ¡No! Me arrepiento de los fastidiosos instantes que he pasado con ella. No a Hermia, a Elena es a quien amo. ¿Quién no cambiaría un cuervo por una paloma? La voluntad del hombre es guiada por la razón, y la razón me dice que sois más digna doncella que

Hermia. Nada puede madurar antes de su estación, y yo, siendo tan joven, no he podido madurar a la razón sino desde este momento; someto ahora mi voluntad a mi razón, y ésta me guía hacia vos. Leo en vuestros ojos amorosas historias como escritas en el más rico libro del amor.

ELENA.—¡Ah! ¿Y he nacido para sufrir tan cruel mofa? ¿Cuándo he podido merecer que me despreciéis de este modo? ¿No basta, ¡oh joven!, no basta que yo jamás haya alcanzado, no, ni siquiera pueda alcanzar una mirada afectuosa de Demetrio, sino que además habéis de escarnecer mi insuficiencia? En verdad me hacéis agravio; a fe que me lo hacéis en cortejarme de tan desdeñosa manera. Pero adiós. Debo confesar que os creía dotado de más verdadera gentileza. ¡Dios mío! ¡Que una mujer, por ser rechazada por un hombre, tenga que ser insultada por otro!

(Sale ELENA.)

LISANDRO.—No ve a Hermia. ¡Oh tú, Hermia, duerme allí y jamás vuelvas a acercarte a Lisandro! Pues así como el exceso de golosinas trae al estómago la mayor náusea y fatiga; o como las herejías que los hombres abandonan, por nadie son tan odiadas como por los que sufrieron su engaño; así tú, exceso y herejía mía, sé odiada más que todo, y aún más por mí que por otro alguno. Y que todas mis facultades consagren su poder y su amor a honrar a Elena y a ser su caballero.

(Sale LISANDRO.)

HERMIA.—(Levantándose.) ¡Socorro, Lisandro, socorro! ¡Haz cuanto puedas para arrancar esta serpiente que se arrastra sobre mi pecho! ¡Oh, por piedad! ¡Qué pesadilla he tenido! ¡Mira, Lisandro, cómo todavía tiemblo de pavor! Soñé que una serpiente me devoraba el corazón, y que tú, sentado, te reías de su cruel voracidad. ¡Lisandro! ¡Qué! ¡No está aquí! Lisandro, ¡oh, Dios! ¿Ido? ¿Ni al alcance de la voz? ¿Ido? ¿Sin una palabra, sin un signo? ¡Habla, amor de los amores! Habla si me escuchas. ¿No? Pues ya veo bien que estás lejos; fuerza será correr a ti, o a la muerte.

(Sale HERMIA.)

****

ACTO TERCERO

ESCENA PRIMERA

Un bosque.

(TITANIA reposa, dormida. Entran QUINCIO, SNUG, BOTTOM, FLAUTO, SNOWT y STARVELING.)

BOTTOM.—Señores, ¿estamos reunidos todos?

QUINCIO.—Sí, sí; y he aquí un sitio maravillosamente apropiado a nuestro ensayo. Este pedazo cubierto de verdura será nuestro proscenio; este matorral de espino blanco, nuestro sitio tras de bastidores, y actuaremos ni más ni menos que en presencia del duque.

BOTTOM.—Pero Quincio…

QUINCIO.—¿Qué dices, bravo Bottom?

BOTTOM.—Hay cosas en esta comedia de Píramo y Tisbe que nunca podrán agradar. En primer lugar, Píramo tiene que sacar su espada y matarse, cosa que las señoras no podrán soportar. ¿Qué respondéis a esto?

SNOWT.—Que realmente se morirán de miedo.

STARVELING.—Me parece que debemos omitir eso de matarse, cuando todo esté concluido.

BOTTOM.—Nada de eso. Yo he discurrido un medio de arreglarlo todo. Escribidme un prólogo que parezca decir que no podemos hacer daño con nuestras espadas, y que Píramo no está muerto realmente, y para mayor seguridad que diga que yo, Píramo, no soy Píramo, sino Bottom el tejedor. Con esto ya no tendrán miedo.

QUINCIO.—Bien; tendremos ese prólogo, y se escribirá en versos de ocho y seis sílabas.

BOTTOM.—No. Añadidle dos más y que se escriba en versos de ocho y ocho.

SNOWT.—¿Y las señoras no tendrán miedo al león?

STARVELING.—Mucho lo temo, a fe mía.

BOTTOM.—Maestros, debéis reflexionar en vuestra conciencia que traer, ¡Dios nos asista!, un león entre las señoras es la cosa más terrible, porque no hay entre las aves de rapiña ninguna más temible que un león vivo, y es necesario en esto andarse con mucho cuidado.

SNOWT.—Por lo mismo se necesita otro prólogo que diga que él no es un león.

BOTTOM.—No basta. Es necesario que digáis su nombre, y que se le vea la mitad de la cara por entre la máscara de león. Y él mismo debe hablar dentro de ella diciendo esto, o cosa parecida: «Señoras, oh hermosas señoras: os pido, quisiera o desearía o suplicaría que no tuvieseis susto ni temblaseis;

respondo de vuestra vida con la mía. Si os figuráis que vengo aquí como un león verdadero, mi vida no valdrá un ardite. No, no soy tal cosa, sino hombre como otros». Y en tal coyuntura que diga su nombre y les haga saber que es Snug el ensamblador.

QUINCIO.—Bien; se hará así. Pero hay dos cosas muy difíciles, a saber: traer la luz de la luna a una habitación; porque debéis saber que Píramo y Tisbe se encuentran a la luz de la luna.

SNUG.—Y en la noche de nuestra representación, ¿hay luz de luna?

BOTTOM.—¡Un calendario, un calendario! Buscad en el almanaque a ver si hay luna.

QUINCIO.—Sí; hay luna esa noche.

BOTTOM.—Pues podéis dejar abierta la ventana de la gran cámara en donde representaremos, y la luna alumbrará por allí.

QUINCIO.—Eso es. O bien podrá venir alguno con un haz de espinos y una linterna y decir que ha venido a desfigurar, o sea, a presentar la persona del claro de luna. Y luego hay otra cosa: hemos de tener un muro en la cámara; porque Píramo y Tisbe, según dice la historia, hablaban por una grieta en la pared.

SNUG.—Será posible llevar un muro. ¿Qué os parece, Bottom?

BOTTOM.—Alguien tendrá que representar el muro. Que tenga consigo un poco de yeso o de argamasa o de pedazos de piedra y ladrillo para que signifiquen pared, o que ponga los dedos así, y por entre las aberturas podrán hablar Píramo y Tisbe con toda reserva.

QUINCIO.—Si puede hacerse así, todo está bien. ¡Ea! Que cada cual se siente y ensaye su papel. Principiad, Píramo. Cuando hayáis dicho vuestro discurso, entrad en aquel matorral; y así cada uno, según su papel.

(Entra PUCK por el foro.)

PUCK.—¿Qué groseros patanes andan por ahí metiendo ruido tan cerca del lecho de nuestra hermosa reina? ¡Qué! ¿Tratan de una representación? Pues seré del auditorio, y aun haré de actor si veo ocasión de ello.

QUINCIO.—Hablad, Píramo. Tisbe, avanzad.

BOTTOM.—«Tisbe, las dulces flores de suave sabor…»

QUINCIO.—«Olor, olor.»

BOTTOM.—«De suave olor. Así es tu aliento, cara, carísima Tisbe. ¡Pero oye! ¡Una voz! Quédate aquí un momento, y dentro de poco volveré.»

(Sale BOTTOM.)

PUCK.—(Aparte.) ¡Qué Píramo tan raro!

(Sale PUCK.)

FLAUTO.—¿Debo hablar ahora?

QUINCIO.—Sí, por cierto; pues debéis entender que no sale más que a enterarse de un ruido que oyó, y tiene que volver.

FLAUTO.—«Brillantísimo Píramo, de tinte blanco como el lirio, y del color de la rosa carmesí en el rosal triunfal; tan retozonamente juvenil y sin embargo tan adorable; tan digno de confianza como el más infatigable caballo. Iré a encontrarme contigo, Píramo, en la tumba de Nim.»

QUINCIO.—¡«Tumba de Nino», hombre! Pero eso no debéis decirlo todavía. Eso es lo que respondéis a Píramo. ¡Vos lo decís todo de una vez! Píramo entra; entonces volvéis a hablar. La última frase anterior es «infatigable caballo».

(Vuelven a entrar PUCK, y BOTTOM con cabeza de asno.)

FLAUTO.—«… tan digno de confianza como el más infatigable caballo.»

BOTTOM.—«Si yo fuera hermoso, Tisbe, sólo sería tuyo»

QUINCIO.—¡Oh! ¡Qué cosa tan monstruosa! ¡Tan extraña! Estamos hechizados. ¡Por Dios, maestros, huid! ¡Maestros, socorro!

(Salen corriendo todos menos BOTTOM.)

PUCK.—Yo os seguiré. Yo os haré dar vueltas por todos lados a través de matorrales y malezas, de helechos y de espinos; a veces seré un caballo, otras un sabueso, un cerdo, un oso sin cabeza, y algunas veces un fuego fatuo. Y me sentiréis, alternativamente, relinchar y ladrar, y gruñir y quemar como caballo, perro, cerdo, oso o llama.

(Sale PUCK.)

BOTTOM.—¿Por qué huyen? Esto no es más que una bellaquería de ellos para asustarme.

(Vuelve a entrar SNOWT.)

SNOWT.—¡Oh Bottom! ¡Qué mudanza! ¿Qué veo en ti?

BOTTOM.—¿Qué ves? Una cabeza de asno…; la tuya; ¿no es esto?

(Vuelve a entrar QUINCIO.)

QUINCIO.—¡Dios te ampare, Bottom! ¡Dios te ampare! Estás transformado.

(Sale QUINCIO.)

BOTTOM.—Ya entiendo su artimaña. Querrían convertirme en un borrico y asustarme si pudieran. Pero, hagan lo que hicieren, no he de moverme de aquí. Me pasearé de arriba abajo y cantaré para que me oigan y sepan que no tengo miedo. (Canta.)

El mirlo de negro color

con pico anaranjado oscuro,

el tordo, con su acento puro,

el reyezuelo volador…

TITANIA.—(Despertando.) ¿Qué ángel me despierta en mi lecho de flores?

BOTTOM.—(Canta.)

…la alondra, el pardillo, el pinzón,

el cuco gris, de simples cantos,

que, entre los hombres, oyen tantos

sin arriesgar contestación…

TITANIA.—Te ruego, gentil mortal, que cantes de nuevo. Tu melodía ha cautivado mi oído, así como tu forma ha encantado mi vista. Y la fuerza de tu fascinación me mueve a la primera mirada a decirte, a jurarte que te amo.

BOTTOM.—Paréceme, señora, que tenéis para ello muy poca razón, aunque, a decir verdad, la razón y el amor se avienen bastante mal en estos tiempos, y es lástima que algunos buenos vecinos no los reconcilien.

TITANIA.—Eres tan sensato como hermoso.

BOTTOM.—Ni lo uno ni lo otro, señora; pero si tuviera suficiente seso para salir de este bosque, no faltaría el suficiente para aprovecharme de ello.

TITANIA.—No desees ausentarte de este bosque, pues en él permanecerás, quieras o no. Soy un espíritu superior a lo vulgar. Todavía la primavera engalana mis posesiones, y yo te amo. Ven, pues, conmigo. Te daré hadas que te sirvan, y te traerán joyas del fondo del mar y arrullaran con su canto tu sueño cuando te acuestes en un lecho de flores. Y purificaré tu materia de forma que parezcas también un espíritu. ¡Flor-de-guisante! ¡Telaraña! ¡Polilla! ¡Grano-de-mostaza!

(Entran las cuatro hadas.)

HADA 1ª.—Presente.

HADA 2ª.—Y yo.

HADA 3ª.—Y yo.

HADA 4ª.—Y yo.

TODAS.—¿Dónde vamos?

TITANIA.—Sed bondadosas y atentas con este caballero, juguetead en sus paseos y triscad a su vista. Alimentadlo con albaricoques y frambuesas, con uvas moradas, verdes higos y moras. Sustraed de las humildes abejas la bolsa de miel, y para servirle de bujías cortad las piernas cerosas y encendedlas en el fuego de los ojos de la luciérnaga de luz, cuando el amor mío se acueste y se levante. Y tomad las alas de las pintadas mariposas para defender de los rayos de la luna sus párpados somnolientos. ¡Duendes! Saludadlo y presentadle vuestros respetos.

HADA 1ª.—¡Salud, oh mortal!

HADA 2ª.—¡Salud!

HADA 3ª.—¡Salud!

HADA 4ª.—¡Salud!

BOTTOM.—De corazón imploro vuestro favor. Dignaos decirme vuestro nombre.

TELARAÑA.—Telaraña.

BOTTOM.—Me placerá conoceros más íntimamente, señor Telaraña. Ya me aprovecharé de vos si llego a cortarme el dedo. ¿Y cuál es vuestro nombre, honrado hidalgo?

FLOR-DE-GUISANTE.—Flor-de-guisante.

BOTTOM.—Os ruego que saludéis a la señora Calabaza, vuestra madre, y al señor Estuche-de-guisantes, vuestro padre. También desearía conoceros mejor. ¿Querríais decirme por bondad vuestro nombre?

GRANO-DE-MOSTAZA.—Grano-de-mostaza.

BOTTOM.—Mi buen señor, bien conozco vuestra paciencia. Muchos caballeros de vuestra casa han sido devorados por el cobarde y gigantesco asado de buey, y os aseguro que ya antes de ahora vuestra parentela me lleno de lágrimas los ojos. Deseo más estrecha relación con vos, señor Grano-de-mostaza.

TITANIA.—Venid y servidlo. Llevadlo a mi retrete. Paréceme que la luna en su manera de brillar anuncia sus lágrimas, y cuando éstas caen cada florecilla gime llorando alguna forzada castidad. Poned silencio a la boca de mi amor y traedlo sin ruido.

(Salen.)

ESCENA SEGUNDA

Otra parte del bosque.

(Entra OBERÓN.)

OBERÓN.—Quisiera saber si ha despertado Titania y, enseguida, sobre qué objeto recayó su primera mirada, como que ha de estar loca por él.

(Entra PUCK.)

Aquí llega mi mensajero. ¡Y bien, travieso espíritu! ¿Qué nocturnal nueva prevalece ahora en este misterioso bosquecillo?

PUCK.—Mi ama está enamorada de un monstruo. Cerca de su recóndito y consagrado retrete, mientras ella pasaba la lánguida hora del sueño, una partida de ganapanes, rudos artesanos que trabajan en las tienduchas de Atenas, se hallaba reunida para ensayar una representación destinada al día de las bodas del gran Teseo. El más insustancial de los imbéciles, que hacía el papel de Píramo, abandonó la escena y se metió en un matorral, y yo, aprovechando esta ocasión, coloqué sobre sus hombros una cabeza de asno. A la sazón, su Tisbe tenía que recibir su respuesta, aquí en mi sainete. Apenas lo vieron sus compañeros, cuando se dieron a huir en todas direcciones como una bandada de gansos silvestres que divisa al cazador agazapado, o como chovas de patas rojizas que se levantan y caen al estampido del fusil y vuelan desatentadas por el cielo. A nuestro impulso, cae el uno y el otro aquí y allá y grita que lo asesinan y clama por auxilio de Atenas. Así debilitados y extraviados sus sentidos por el temor, convertidos casi en cosas inertes, principiaron a sufrir el mal consiguiente. Desgarraban las espinas y zarzas sus vestidos; quién se hizo jirones una manga, quién pierde el sombrero; en todas partes se dejaban algo. Yo los guie en este frenético terror y deje allí al amoroso Píramo transfigurado, y en ese instante vino a acontecer que despertara Titania y quedara en el acto locamente enamorada de un borrico.

OBERÓN.—Mejor ha salido esto que cuanto yo podía imaginar. Pero, ¿has vertido ya el jugo de flor en los ojos del ateniense, como te lo encargué?

PUCK.—Lo atrapé dormido. Eso también está despachado. Como la mujer ateniense estaba a su lado, claro está que cuando él despierte tendrá que verla.

(Entran DEMETRIO y HERMIA.)

OBERÓN.—Mantente cerca. Éste es el ateniense.

PUCK.—La mujer es la misma, pero no el hombre.

DEMETRIO.—¡Oh! ¿Por qué rechazáis a quien os ama tanto?

HERMIA.—Ahora no hago más que reprender, pero podría tratarte con más severidad, pues recelo que me has dado motivo para maldecirte. Si has asesinado a Lisandro durante su sueño, llega de una vez hasta el fondo del crimen y mátame también. No es más fiel el sol al día que Lisandro a mí. ¿Habría huido él a ocultas de su Hermia dormida? Antes creería que se puede abrir en la tierra un conducto para que la luna pase a través y vaya a perturbar la marea de las antípodas. No puede ser sino que tú lo has matado, y en verdad que un asesino debería tener tu mismo aspecto homicida y sombrío.

DEMETRIO.—Mejor dirías que tengo el del moribundo traspasado de dolor; pero vos, que sois mi asesino, aparecéis tan clara y brillante como ese astro Venus en su fúlgida esfera.

HERMIA.—¿Qué importa eso a mi Lisandro? ¿Dónde está…? ¡Ah, buen Demetrio! ¿Quieres devolvérmelo?

DEMETRIO.—Preferiría arrojar su osamenta a mis perros.

HERMIA.—¡Fuera de aquí, tigre! ¡Fuera, chacal! Me atormentas más allá del límite de toda paciencia. Es decir, ¿tú lo has asesinado? ¡Qué jamás se te vuelva a contar entre los hombres! ¡Oh! Di la verdad, dila siquiera una vez, por piedad. ¿Te atreves a haberlo mirado despierto y lo matas cuando yace dormido? ¡Oh heroísmo! Un gusano, un áspid, ¿no podrían hacer lo propio? Porque nunca áspid alguno pudo herir con lengua más pérfida que la tuya, ¡serpiente!

DEMETRIO.—Gastáis vuestra cólera, víctima de un engaño. No soy culpable de la sangre de Lisandro, ni tengo indicio alguno para pensar que haya muerto.

HERMIA.—Pues entonces te suplico que me digas que está bien.

DEMETRIO.—Y si pudiera hacerlo, ¿qué me valdría?

HERMIA.—El privilegio de no verme jamás. Abandono tu presencia con este voto. No vuelvas a verme, sea que haya muerto o no.

(Sale HERMIA.)

DEMETRIO.—Es inútil seguirla en este arranque de cólera. Así, me quedaré aquí por breve rato y buscaré en el sueño alivio a mi dolor, porque éste se hace doblemente pesado con el insomnio.

(Se acuesta DEMETRIO.)

OBERÓN.—¿Qué has hecho? La has errado por completo, vertiendo el jugo en los ojos de un amante verdadero, y por fuerza tu equivocación hará que se mude un amor sincero, en vez de mudar uno falso.

PUCK.—Eso quiere decir que quien impera es el destino, y que por un hombre verdadero hay un millón que faltan a sus juramentos.

OBERÓN.—Ve por el bosque, más rápido que el viento, y procura encontrar a Elena de Atenas. Triste y abatida está, pálidas las mejillas, suspirando de amor y consumiendo la riqueza de su sangre juvenil. Valiéndote de cualquier ilusión hazla venir. Yo encantaré los ojos de él antes que ella haya llegado.

PUCK.—Voy, voy. Mirad como voy más veloz que la flecha del Tártaro.

(Sale PUCK.)

OBERÓN.—Flor de color de púrpura, herida por la saeta de Cupido, penetra en el globo de sus ojos. Cuando él aceche a su amada, que aparezca ella resplandeciente como la Venus del firmamento, y cuando despiertes, implora de ella, si está cercana, el remedio de tu amor.

(Vuelve a entrar PUCK.)

PUCK.—Caudillo de nuestra hermosa muchedumbre, Elena está próxima, y el joven a quien invoqué le suplica por el premio de su amor. ¡Cómo hemos de divertirnos con sus coloquios! ¡Santo Dios, y que locos son estos mortales!

OBERÓN.—Apártate. El ruido que hacen despertará a Demetrio.

PUCK.—Entonces habrá dos cortejando a una, y eso sólo ya es una diversión. No hay cosa que me guste tanto como lo imprevisto.

(Entran LISANDRO y ELENA.)

LISANDRO.—¿Por qué pensáis que os solicito por burla? La burla y el sarcasmo jamás vierten lágrimas, y ved que cuando os suplico lloro. Decid si semejante manera de pedir vuestro amor no lleva en sí la prueba de toda su verdad.

ELENA.—Refináis vuestra astucia más y más haciendo que la verdad sirva para matar a la verdad. ¡Oh combate infernal y divino a un tiempo! Esos juramentos pertenecen a Hermia. ¿Queréis abandonarla? Pesad esos juramentos y otros, y no pesarán nada. Puestos en una balanza los que hacéis a la una con los que hacéis a la otra, la balanza estará en su fiel y ambos no pesarán más que cualquier mentira.

LISANDRO.—No tuve discernimiento cuando juraba a sus plantas.

ELENA.—Ni los tenéis, a mi juicio, al abandonarla.

LISANDRO.—Demetrio la ama y no os ama.

DEMETRIO.—(Despertando.) ¡Oh, Elena! ¡Diosa! ¡Ninfa perfecta y divina! ¿Con qué podré comparar tus ojos, amor mío? El cristal parecería lodo. ¡Oh! ¡Qué tentadores se ostentan tus labios, como cerezas maduras para los besos! Cuando muestras tu mano parece oscura la nieve de Tauro congelada por el viento de Levante. ¡Oh, déjame besar esta princesa de la casta blancura, este sello de felicidad!

ELENA.—¡Oh despecho! ¡Oh infierno! Veo que estáis todos conjurados contra mí para vuestro pasatiempo. Si fuerais corteses, no me haríais este agravio. ¿No basta que me aborrezcáis, como sé que lo hacéis, sino que además habéis de unir vuestras almas para burlaros de mí? Si fuerais hombres, como lo dice vuestra apariencia, no trataríais así a una dama inofensiva; cortejando y jurando y ponderando mis cualidades, cuando sé que me odiáis de corazón. Ambos sois rivales en amar a Hermia, y ahora lo sois en escarnecer a Elena; gran hazaña y varonil empresa, arrancar con vuestras burlas las lágrimas de una pobre doncella. Ningún hombre que tuviera la menor nobleza ofendería así una virgen, atormentando la paciencia de su noble alma, para procurarse una diversión.

LISANDRO.—Malo sois, Demetrio. No seáis así. Sabéis que conozco vuestro amor a Hermia, y aquí, con toda voluntad, con todo corazón, os cedo mi parte en su amor. Dadme la vuestra en el de Elena, a quien amo y amaré hasta la muerte.

ELENA.—Jamás gastaron tan mal sus palabras los burlones.

DEMETRIO.—Lisandro, quédate con tu Hermia. Si alguna vez la amé, ese amor se ha ido y no quiero nada de él. Mi corazón estuvo con ella sólo como un huésped pasajero, y ahora vuelve a su hogar, vuelve a Elena para quedarse aquí.

LISANDRO.—Elena, no es verdad.

DEMETRIO.—No desacredites la fe que no conoces, a menos que la compres caro a costa tuya. Ve ahí a tu amada que viene; ve ahí a la que adoras.

(Entra HERMIA.)

HERMIA.—¡Oscura noche que quitas la vista a los ojos y aguzas el oído, dando a éste lo que quitas a aquellos! Mis ojos no pudieron encontrarte, Lisandro, pero mi oído me hizo seguir tu voz. ¡Ah! ¿Por qué con tanta dureza me has dejado?

LISANDRO.—¿Y por qué se quedaría aquel a quien el amor llama a otra parte?

HERMIA.—¿Qué amor podría apartar a Lisandro de mi lado?

LISANDRO.—El amor de Lisandro, que no podía separarse de la hermosa Elena, que embellece la noche más que el esplendor de todas las estrellas. ¿Por qué me buscas? ¿No basta el que te haya dejado para que conozcas el odio que siento por ti?

HERMIA.—Habláis lo que no pensáis. Eso no puede ser.

ELENA.—¡Ah! ¡También ella toma parte en la conspiración! Ahora veo que os habéis unido los tres para formar este desleal pasatiempo a despecho mío. ¡Oh tú, Hermia, injuriosa e ingrata doncella! ¿Has conspirado con estos, urdiendo esta maligna broma para ofenderme? ¿Y has olvidado las cariñosas pláticas, los juramentos fraternales, las horas que hemos pasado juntas? ¿Lo has olvidado todo; la amistad de nuestra niñez, la compañía inocente de nuestra infancia? Siempre estuvimos unidas, juntas en el mismo asiento, ocupadas en la misma labor, entonando la misma canción como si nuestras mentes, nuestras manos, nuestras voces hubieran sido una sola. Así crecimos como un doble fruto gemelo, que parece partido en dos y, sin embargo, no se puede separar. Éramos dos cuerpos en un solo corazón. ¿Y venís a romper todos estos lazos antiguos para juntaros a estos hombres y escarnecer a vuestra amiga? No; esto no es amistad ni es digno de una doncella. Nuestro sexo, tanto como yo misma, os censurará por ello, aunque sea yo sola quien sufra el agravio.

HERMIA.—¡Vuestras frases apasionadas me dejan estupefacta! Yo no me burlo de vos. Antes me parece que vos os burláis de mí.

ELENA.—¿No habéis inducido a Lisandro a seguirme por burla y a alabar mis ojos y mi cara? ¿No habéis hecho que vuestro otro apasionado, Demetrio, que aun ahora mismo me ha rechazado con el pie, me llame diosa, ninfa divina, preciosa, celestial? ¿Por qué habla así a una que aborrece? ¿Y por qué me niega Lisandro vuestro amor, tan rico en su alma, y me ofrece su afecto si no es porque le inducís a ello y obra con vuestro consentimiento? ¿Qué delito hay en que yo no tenga tantas gracias como vos ni sea tan afortunada en el amor, sino una infeliz que ama sin ser amada? Deberíais compadecerme por esto, no despreciarme.

HERMIA.—No comprendo lo que queréis decir.

ELENA.—Sí, perversidad; fingid tristes miradas y haceos señas cuando vuelvo la espalda; seguid en esta amable diversión que, bien sostenida, será materia de una crónica. Si fueseis capaz de alguna piedad o gentileza, no me tomaríais por tema de vuestra irrisión. Pero adiós. Yo sola tengo la culpa, y pronto la remediaré con la ausencia o con la muerte.

LISANDRO.—Quedaos, gentil Elena, y oíd mi excusa. ¡Hermosa Elena, amor mío, vida mía, alma mía!

ELENA.—¡Oh! Excelente.

HERMIA.—Amigo mío, no la burléis así.

DEMETRIO.—Si no lo alcanzas rogando, yo le forzaré a ello.

LISANDRO.—No puedes compeler más tú que rogar ella, y tus amenazas no tienen más fuerza que sus débiles súplicas. Elena, yo te amo, te lo juro por mi vida, y probaré, aun a costa de perderte, a quien negare la verdad de mi amor, que es un hombre falso.

DEMETRIO.—Digo que te amo más de lo que él pudiera amarte.

LISANDRO.—Si tal dices, retírate y vamos a probarlo.

DEMETRIO.—Al instante, ven.

HERMIA.—Lisandro, ¿a qué conduce todo esto?

LISANDRO.—¡Fuera! ¡Etíope!

DEMETRIO.—No, no señor. Habla como si la acción fuera a seguir a la palabra, pero no se mueve. Eres un cobarde, ¡bah!

LISANDRO.—Márchate de aquí, cuitado, cosa vil, ¡fuera! O te sacudiré y te arrojaré lejos de mí como a una culebra.

HERMIA.—¿Por qué os habéis vuelto tan rudo? ¿Qué cambio es éste, amor mío?

LISANDRO.—¿Amor tuyo? Vete, vete, maldita pócima, remedio detestado. ¡Vete!

HERMIA.—¿Os estáis chanceando?

ELENA.—Sí, a fe mía; lo mismo que vos.

LISANDRO.—Demetrio, te cumpliré la promesa.

DEMETRIO.—Me alegraría tener alguna prenda de ello, pues no confío en tu palabra.

LISANDRO.—¡Qué! ¿Tendría que darle golpes, lastimarla, maltratarla? Por más que la aborrezco, no le haría tal daño.

HERMIA.—¡Pues qué! ¿Podrías hacerme un daño mayor que aborrecerme? ¡Aborrecerme! ¿Y por qué? ¡Desgraciada de mí! ¿Qué ha pasado, amor mío? ¿No soy Hermia? ¿No eres tú Lisandro? Tan hermosa soy ahora como la noche en que me amaste, como la noche en que me dejaste. No quieran los dioses que hables de veras.

LISANDRO.—¡Sí, por mi vida! Y quisiera no haber vuelto a verte jamás. Así pues, no tengas esperanza ni duda; no es una chanza, no hay tan verdadero y cierto como el odio que siento hacia ti.

HERMIA.—¡Desgraciada de mí! ¡Oh tú, impostora, ladrona de amor! ¿Has venido de noche para robarme el corazón de ese a quien amo?

ELENA.—A fe mía que os sientan bien estas palabras. ¿No tenéis ya modestia ni rubor y se desvaneció la menor sombra de delicadeza? ¿Quieres arrancar, por ventura, de mi lengua prudente airadas voces? ¡Estás haciendo una comedia, tú, muñeca!

HERMIA.—¿Por qué muñeca? ¡Ah! Ya veo la traza. Ahora caigo en que habrá comparado nuestras estaturas, decantó la suya, y con sus ventajas ha prevalecido sobre él. ¿Y habéis crecido tanto en su afecto por ser yo tan pequeña y baja? ¿Muy baja soy, asta de bandera pintarrajeada? ¡Habla! ¿Muy baja soy? ¡Pues no lo soy tanto que no puedan mis uñas llegar hasta tus ojos!

ELENA.—Os ruego, señores, aunque os burléis de mí, que no la dejéis hacerme daño. No es mi costumbre echar maldiciones, ni tengo aptitud para el mal, sino que a fuer de doncella soy temerosa. No dejéis que me maltrate. Quizá os parece que, por ser ella algo menor de estatura que yo, podré luchar con ella.

HERMIA.—¡La estatura! ¡Otra vez la estatura!

ELENA.—Buena Hermia, no os airéis contra mí. Yo siempre os tuve afecto y seguí en todo vuestros consejos, y nunca os hice mal alguno, a no ser que, por amor a Demetrio, le dije de vuestra fuga a este bosque. Él os siguió, y yo le seguí por amor, pero él me echó de aquí y me amenazo con darme golpes y aun con matarme. Ahora sólo deseo que me dejéis volver en paz a Atenas y no me sigáis más. Dejadme ir. Ya veis cuan simple y afectuosa soy.

HERMIA.—Pues marchaos. ¿Quién os lo estorba?

ELENA.—Un corazón desatentado que dejo tras de mí.

HERMIA.—¡Con quién! ¿Con Lisandro?

ELENA.—Con Demetrio.

LISANDRO.—No temas, Elena. No te hará ningún mal.

DEMETRIO.—No, señor; no lo hará, a no ser que tomes su parte.

ELENA.—¡Oh! Cuando se enfurece es maligna y astuta. Cuando iba a la escuela era una víbora, y aunque pequeña es de índole fiera.

HERMIA.—¿Otra vez pequeña? ¿Siempre baja y pequeña? ¿Por qué permitís que me ultraje así? Dejadme que me entienda con ella.

LISANDRO.—¡Vete, enana, abalorio, puñado de mala paja!

DEMETRIO.—Soy demasiado comedido y solícito en favor de la que desdeña vuestros servicios. Dejadla sola; no habléis de Elena ni toméis su defensa. Si intentáis mostrar hacia ella la menor familiaridad, responderéis de ello.

LISANDRO.—Ahora no tiene imperio sobre mí. Sígueme, si te atreves, y probemos quien de los dos tiene mejor derecho a pretender a Elena.

DEMETRIO.—¿Seguirte? No, sino a tu lado.

(Salen LISANDRO y DEMETRIO.)

HERMIA.—Señora mía, toda esta querella es obra vuestra. No, no os vayáis.

ELENA.—No confió en vos, no. Ni permaneceré más tiempo en vuestra maldita compañía. Mis manos no están, como las vuestras, acostumbradas a las contiendas, y así huyo y me salvo.

(Sale ELENA.)

HERMIA.—Estoy azorada y no sé qué decir.

(Sale HERMIA.)

OBERÓN.—Esto es fruto de tu negligencia. Tú incurriste en esa equivocación, o hiciste eso por bellaquería.

PUCK.—Creedme, rey de las sombras, que me equivoqué. ¿No dijisteis que reconocería al hombre por su traje ateniense? Y para probar la inocencia de mi conducta basta ver que he puesto el jugo de la flor en los ojos de un ateniense, aunque es verdad que me alegra y divierte el ver la confusión y el enredo que de ello ha venido a resultar.

OBERÓN.—Ya ves cómo estos enamorados buscan un sitio donde combatir. Ocúltate entre las sombras de la noche, extiende la niebla sobre su estrellado velo hasta que sea oscuro como Aqueronte, y guía de tal manera a estos rivales tan lejos uno de otro que no se puedan encontrar. Unas veces imitando la voz de Lisandro excitarás a Demetrio con graves insultos, y otras harás lo mismo imitando la voz de Demetrio, y así llevarás a uno y otro hasta que caigan rendidos de cansancio y se hundan en el sueño, remedo de la muerte. Exprime entonces en los ojos de Lisandro el jugo de esta hierba, que tiene la virtud de disipar toda ilusión. Cuando despierten, todo lo que ha pasado les parecerá un sueño, y volverán los amantes a Atenas unidos hasta la muerte. Mientras tú te ocupas en esta misión, yo iré en busca de mi reina y le suplicaré que me entregue al muchacho, y entonces desbarataré el encanto de sus ojos y haré que todas las cosas le parezcan como son en realidad.

PUCK.—Aéreo señor mío, es necesario hacer esto aprisa, porque ya asoman las luces crepusculares que animan la aurora y empiezan a desgarrarse los velos de la noche. Los fantasmas se apresuran en tropel a ganar su albergue en los cementerios; todos ellos son espíritus condenados que tienen su sepultura en los sitios extraviados e inundados, y temen que la luz del día alumbre su vergüenza.

OBERÓN.—Pero nosotros somos espíritus de otra clase. Mil veces he jugueteado con la amorosa aurora y visitado los bosquecillos hasta que las puertas del oriente, radiantes de luz, se han abierto sobre el océano bañando de oro sus verdes aguas salobres. No obstante, apresúrate, y deja esta faena terminada antes de rayar el día.

(Sale OBERÓN.)

PUCK.—Arriba y abajo, arriba y abajo los he de conducir, de un lado para otro. Me temen en el campo y en la ciudad. Globín, llévalos arriba y abajo. Aquí viene uno.

(Entra LISANDRO.)

LISANDRO.—¿Dónde estás, orgulloso Demetrio?

PUCK.—¡Aquí, villano! Con el acero desnudo y pronto.

LISANDRO.—Al instante soy contigo.

PUCK.—Sígueme a mejor terreno.

(Sale LISANDRO como siguiendo la voz. Entra DEMETRIO.)

DEMETRIO.—¡Lisandro, habla otra vez! ¡Fugitivo! ¡Cobarde! ¿Adónde has huido? ¿Has ido a esconder tu cabeza en algún matorral?

PUCK.—¡Cobarde! ¿Dices tus balandronadas a las estrellas y cuentas a las malezas que quieres batirte, y sin embargo no vienes? Ven, bribón, ven, que como a un niño te he azotar con un bejuco. El que desnude una espada contra ti se deshonra.

DEMETRIO.—¿Estás ahí?

PUCK.—Sigue mi voz y llegaremos a donde se pueda probar el valor.

(Salen PUCK y DEMETRIO. Vuelve a entrar LISANDRO.)

LISANDRO.—Él va por delante y todavía me provoca. Cuando acudo al punto de donde me llama, ya no está allí. El villano es mucho más ligero de pies que yo, y cuanto más aprisa le seguía más pronto se alejaba. Así he venido a dar en un sendero desigual y oscuro y voy a descansar aquí. ¡Ven, oh grata luz del día! (Se acuesta.) Con los primeros rayos de tu pálido fulgor descubriré a Demetrio y satisfaré mi venganza.

(Se duerme LISANDRO. Vuelven a entrar PUCK y DEMETRIO.)

PUCK.—¡Oh, oh, oh! ¿Por qué no vienes cobarde?

DEMETRIO.—Ven si te atreves, cobarde, pues no haces más que huir de sitio en sitio y no osas aguardarme a pie firme y mirarme de frente. ¿Dónde estás?

PUCK.—Ven hacia aquí; aquí estoy.

DEMETRIO.—No me dejaré burlar una vez más. Caro lo has de pagar si alguna vez alcanzo a verte a la luz del día. Ahora ve a donde quieras. Ya la fatiga me fuerza a reclinarme aquí y esperar la luz del día.

(Se acuesta DEMETRIO y duerme. Entra ELENA.)

ELENA.—¡Oh penosa noche! ¡Noche larga y fastidiosa! ¡Acorta tus horas y deja brillar el consuelo en la luz de oriente, para que pueda yo volver a Atenas con el alba, separándome de la vecindad de los que aborrecen mi pobre compañía! ¡Oh, sueño! ¡Tú que algunas veces cierras de pesar los ojos, haz que por unos momentos me libre yo de mi propia compañía!

(Duerme ELENA.)

PUCK.—¿No más que tres todavía? Dos de cada clase hacen cuatro. Aquí viene otra, triste y colérica. Cupido es un muchacho bien travieso, cuando así hace enloquecer a las pobres mujeres.

(Entra HERMIA.)

HERMIA.—¡Ah! Nunca he estado tan cansada ni tan triste; empapada de rocío, desgarrada por los espinos, ya no puedo arrastrarme más lejos y mis pies se niegan a mi deseo. Aquí me quedaré hasta que llegue el día. ¡Qué los cielos guarden a Lisandro, si ha de haber duelo!

(Se acuesta HERMIA.)

PUCK.—Gentil enamorado, duerme profundamente en el suelo mientras aplico a tus ojos este remedio. (Vierte el jugo en los ojos de LISANDRO.) Cuando despiertes, te deleitarás en la vista de la que primero amaste, y quedará justificado el refrán que dice que «cada cual debe tomar lo suyo», y nada saldrá al revés. El amante recobrará su pareja, y todo quedará en paz.

(Sale PUCK. DEMETRIO, ELENA, LISANDRO y HERMIA duermen.)

****

ACTO CUARTO

ESCENA PRIMERA

La misma decoración.

(Entran TITANIA y BOTTOM y las hadas que los sirven.

Tras de ellos, OBERÓN, sin ser visto.)

TITANIA.—Hechizo mío, ven, siéntate sobre este florido lecho, mientras yo acaricio tus adorables mejillas y pongo rosas perfumadas en tu suave cabeza y tus largas y hermosas orejas, gentil deleite mío.

BOTTOM.—¿Dónde está Flor-de-guisante?

FLOR-DE-GUISANTE.—Presente.

BOTTOM.—Ráscame la cabeza, Flor-de-guisante. ¿Dónde está el señor Telaraña?

TELARAÑA.—Presente.

BOTTOM.—Señor Telaraña, mi buen señor, tomad vuestras armas y matad una abeja posada en la cima de un espino, y traedme el saco de miel. Cuidad de no fatigaros mucho y, sobre todo, que no se rompa la bolsa. Sentiría, señor, veros bañado del viscoso líquido. ¿Dónde está el señor Grano-de-mostaza?

GRANO-DE-MOSTAZA.—Presente.

BOTTOM.—Venga esa mano, señor Grano-de-mostaza. Dejad, os ruego, toda cortesía.

GRANO-DE-MOSTAZA.—¿Qué deseáis?

BOTTOM.—Nada, buen señor, sino que ayudéis al caballero Telaraña a rascar. Necesito al barbero señor, porque pienso que tengo la cara asombrosamente velluda, y soy un asno de tan delicada condición, que si un solo pelo me hace cosquillas, por necesidad tengo que rascarme.

TITANIA.—¿Querrías oír un poco de música, dulce amor mío?

BOTTOM.—No tengo muy mal oído para la música. Venga el triángulo y el martillo.

(Música de cencerros, música popular.)

TITANIA.—O dime, alma mía, lo que quisieras comer.

BOTTOM.—En verdad, un celemín de heno y cebada. Comería a dos carrillos de vuestra avena seca. Paréceme que me apetece mucho una ración de heno: no hay nada comparable al buen heno, al heno fresco.

TITANIA.—Tengo un hada muy audaz, que irá a la madriguera de las ardillas y te traerá las nueces frescas.

BOTTOM.—Preferiría un puñado o dos de habas secas. Pero os ruego que ninguno de vuestro séquito me moleste, porque principio a tener un poco de sueño.

TITANIA.—Duerme y yo te estrecharé en mis brazos. Hadas, salid y alejaos en todas direcciones. Así la enredadera, la madreselva, la dulce yedra se enlazan al áspero tronco del olmo. ¡Oh! ¿Cuánto te amo y cómo me deleito en ti?

(Duermen TITANIA y BOTTOM. OBERÓN se adelanta. Entra PUCK.)

OBERÓN.—Bienvenido, buen Robín. ¿Ves este lindo cuadro? Ya empiezo a compadecer su loco amor; porque no ha mucho, habiéndola encontrado tras del bosque, buscando golosinas para este odioso imbécil, la reconvine y tuve con ella un altercado; porque había rodeado con fresas y fragantes flores sus peludas sienes; y ese mismo rocío, que en el cáliz de los botones parecía redondearse en perlas de oriente, se mostraba ahora como lágrimas con que las florecillas lloraban su afrenta. Cuando la hube reprendido a mi gusto y ella con humilde acento imploró mi paciencia, le pedí que me cediera al niño huérfano, lo cual hizo inmediatamente y lo envió con una de sus hadas para que lo condujera a mi mansión. Ahora que tengo al muchacho, corregiré el odioso error de sus ojos. Quita tú de la cabeza de este estúpido ateniense el disfraz que lo transforma, de manera que, cuando despierte junto con los demás, puedan regresar todos a Atenas, pensando que el accidente de esta noche no ha sido más que una cruel pesadilla. Pero antes libertaré a mi amada reina.

(Tocando con una hierba los ojos de TITANIA.)

Sé lo que debes ser y ve como debes mirar. El capullo de Diana tiene este feliz poder sobre la flor de Cupido. Y ahora, Titania mía, despierta; despierta, mi dulce reina.

TITANIA.—¡Oberón mío! ¡Qué visiones he tenido en mi sueño! ¡Pienso que estaba enamorada de un asno!

OBERÓN.—Allí yace tu amor.

TITANIA.—¿Cómo ha podido suceder esto? ¡Oh! ¡Y cómo mis ojos detestan ahora su figura!

OBERÓN.—¡Silencio por un momento! Robín, quítale esa cabeza postiza. Titania, haz oír un poco de música y que los sentidos de estos cinco se sumerjan en un sueño más profundo que de ordinario.

TITANIA.—¡Música! ¡Música que acaricie el sueño!

(Sigue la música.)

PUCK.—Cuando despiertes, vuelve a ver con tus propios ojos de necio.

OBERÓN.—Suene la música. (Se oye música suave.) Ven, reina mía, toma mi mano y hagamos retemblar la tierra en que duermen éstos. Ya estamos tú y yo reconciliados de nuevo, y mañana a medianoche bailaremos solemnemente en la casa del duque Teseo y con nuestras bendiciones se llenará de felices hijos. Allí serán desposadas las dos parejas amantes, al mismo tiempo que Teseo con general regocijo.

PUCK.—Rey de las hadas, advierte que ya despunta la mañana.

OBERÓN.—Pues entonces, reina mía, vamos en pos de la sombra; que nosotros podemos recorrer el mundo más rápidamente que la peregrina luna.

TITANIA.—Ven, señor mío, y en nuestra excursión me diréis cómo ha sucedido que yo me haya encontrado aquí dormida en el suelo con estos mortales.

(Salen, se oyen cuernos de caza. Entran TESEO, HIPÓLITA, EGEO y séquito.)

TESEO.—Vaya uno de vosotros a buscar al guardabosque, porque ya ha terminado la ceremonia; y pues ya amanece, mi adorada debe oír la música de los lebreles. Soltad la traílla en el valle del oeste. Daos prisa, y buscad, como he dicho, al guardabosque. Iremos, hermosa reina mía, a la cumbre de la montaña y nos recrearemos con el musical estruendo de los ladridos de los lebreles y de los ecos lejanos.

HIPÓLITA.—Estuve una vez con Hércules y con Cadmo en un bosque de Creta, donde cazaban osos con perros, y nunca he oído más alegre bullicio, porque además de los bosquecillos, el firmamento y las fuentes, cada región vecina parecía unirse a las otras en un grito musical. Nunca he oído tan armoniosa discordancia, tan halagüeño estrépito.

TESEO.—Mis sabuesos son de la raza espartana, hocicones y miopes, y de sus cabezas penden orejas que barren el rocío de la mañana; tienen las patas torcidas como los toros de Tesalia. Son lentos en la persecución, pero de acordadas voces. Jamás se excitó con el cuerno un grito más alegre en Creta, en Esparta o en Tesalia; y ya lo juzgaréis por vos misma. Pero, ¿qué ninfas son esas?

EGEO.—Señor. Ésta es mi hija aquí dormida; y éste Lisandro; este otro es Demetrio; ésta Elena, la Elena del viejo Nedar. Me asombra encontrarlos todos juntos.

TESEO.—Sin duda se levantaron de madrugada a observar el rito de mayo; y, oyendo nuestro intento, han venido atraídos por la solemnidad. Pero di, Egeo, ¿no es hoy el día en que Hermia debía decidir sobre su elección?

EGEO.—Sí, mi señor.

TESEO.—Di a los monteros que los despierten con sus cuernos.

(Suenan los cuernos y exclamaciones dentro.)

Buenos días, amigos. Ha pasado ya el día de San Valentín. ¿Principian a ayuntarse ahora estos pájaros del bosque?

LISANDRO.—(Arrodillándose.) Perdonadme, señor.

TESEO.—Te ruego que te levantes. Conozco que sois dos rivales enemigos. ¿Cómo sucede en este mundo tan extraña concordia y el odio se ha vuelto tan poco receloso que pueda dormir sin temor a la venganza?

LISANDRO.—Señor, responderé confuso, medio dormido y medio despierto; sin embargo, puedo jurar que no me es posible decir cómo vine aquí. Paréceme, pues quiero decir la verdad…, y ahora pienso que es así…, que vine con Hermia. Nuestro propósito era partir de Atenas, a donde pudiésemos vivir sin el peligro de su ley.

EGEO.—Basta, basta, mi señor. Pido que caiga sobre su cabeza todo su rigor. Se habrían fugado, Demetrio, y así se habrían burlado de nosotros; de vos, en vuestra esposa; de mí, de mi consentimiento en que ella lo sea vuestra.

DEMETRIO.—Señor, la hermosa Elena me avisó de la fuga de ellos hasta el bosque, y yo, enfurecido los seguí; y Elena tuvo el capricho de seguirme también. No sé, señor, en verdad, por qué poder…, es indudable que medió en ello algún poder…, mi amor por Hermia se fundió como un copo de nieve, y me parece ahora como el recuerdo de un capricho ocioso acariciado en mi niñez; mientras que toda la fe, toda la virtud de mi corazón, el objeto y encanto de mis ojos es sólo Elena. A ella, señor, estaba prometido antes de haber visto a Hermia; y así como en una enfermedad, llegué a aborrecer este alimento; pero ahora, como quien recobra la salud, vuelvo a mi gusto natural; y la deseo, la amo, la espero con impaciencia y la seré para siempre fiel.

TESEO.—La buena suerte os ha reunido, hermosos amantes. Ya oiremos después algo más sobre esto. Egeo, quiero colmar con creces vuestros deseos; porque, en breve, junto a nosotros, estas parejas serán unidas eternamente en el templo. Y por estar ya algo avanzada la mañana, dejaremos vuestro proyecto de caza. Volvamos, pues, a Atenas. Tres parejas seremos para dar a la fiesta gran solemnidad. Venid, Hipólita.

(Salen TESEO, HIPÓLITA, EGEO y séquito.)

DEMETRIO.—Las cosas que nos han pasado parecen ya pequeñas y confusas, como lejanas montañas que se convierten en nubes.

HERMIA.—Diríase que veo estas cosas con ojos desviados, como cuando todos los objetos parecen dobles.

ELENA.—Lo propio me sucede a mí: he encontrado a Demetrio como una joya que fuera mía y no lo fuera.

DEMETRIO.—Pienso que todavía dormimos…, que soñamos. ¿Creéis que el duque estuvo aquí y nos invitó a que lo siguiéramos?

HERMIA.—Sí, y también mi padre.

ELENA.—E Hipólita.

LISANDRO.—Y nos rogó le siguiéramos al templo…

DEMETRIO.—Pues entonces estamos despiertos. Sigámoslo, y en el camino narraremos nuestros sueños.

(Salen. Despierta BOTTOM.)

BOTTOM.—Cuando llegue mi turno, despertadme y yo responderé. Lo que sigue es: «Hermosísimo Píramo.» ¡Ea! ¡Oh! ¡Pedro Quincio! ¡Flauto, el estañador! ¡Snowt, el calderero! ¡Starveling! ¡Dios de mi vida! ¡Se han escurrido de aquí y me han dejado dormido! ¡Qué visión más extraña la mía! ¡He tenido un sueño que ni el hombre más hábil podría narrarlo! ¡Si lo intentara, sería un asno! Me pareció que yo era…, me pareció que tenía…, pero un hombre sería un imbécil incurable si pudiera decir lo que me pareció que tenía. El ojo humano no ha oído nunca, ni su oído ha visto, ni su mano ha gustado, o su lengua concebido y su corazón repetido lo que era mi sueño. He de hacer que Pedro Quincio escriba una balada sobre él y se titulará El sueño de Bottom, porque no tendrá asiento. Yo la cantaré en la última parte de la representación delante del duque; y para que caiga en más gracia, he de entonarla al final de la pieza, con la muerte de Tisbe.

(Sale BOTTOM.)

ESCENA SEGUNDA

Atenas. Cuarto en una quinta.

(Entran QUINCIO, FLAUTO, SNOWT y STARVELING.)

QUINCIO.—¿Habéis enviado recado a casa de Bottom? ¿No ha vuelto aún?

STARVELING.—Nada se sabe de él. Sin duda se lo llevaron los espíritus.

FLAUTO.—Si no viene, adiós comedia…; nada podemos hacer. ¿Verdad?

QUINCIO.—Imposible. No hay en toda Atenas hombre capaz de representar a Píramo como él.

FLAUTO.—No. Indudablemente no hay en Atenas artesano de tanto talento.

QUINCIO.—Ni hombre más cumplido, por cierto; fuera de que es una malvilla para esto de tener una voz dulce.

FLAUTO.—Maravilla, no malvilla, habéis de decir. Una malvilla es una cosa cualquiera, que no vale nada.

(Entra SNUG.)

SNUG.—Maestros, el duque está de vuelta del templo y hay además dos o tres parejas de caballeros y señoras que se han casado también. Si nuestra representación pudiera seguir adelante, nuestra fortuna estaba hecha.

FLAUTO.—¡Oh dulce y bravo Bottom! ¡Ha perdido así seis peniques diarios por toda su vida! Imposible que fuera menos; que me ahorquen si el duque no le hubiera dado seis peniques diarios por haber representado a Píramo. Que me cuelguen si no los merece: seis peniques diarios por Píramo o nada.

(Entra BOTTOM.)

BOTTOM.—¿Dónde están esos muchachos? ¿Dónde están esos corazones?

QUINCIO.—¡Bottom! ¡Oh magnífico día! ¡Oh felicísima hora!

BOTTOM.—Maestros, he de contaros mil prodigios, pero no me preguntéis qué; si os lo digo, llamadme mal ateniense. Os diré punto por punto lo que ocurrió.

QUINCIO.—Contadlo, amable Bottom.

BOTTOM.—De mí no sacaréis palabra. Todo lo que puedo deciros es que el duque ha comido…; disponed vuestros disfraces, poned buenos hilos a vuestras barbas, nuevas cintas a los zapatos y reuníos enseguida en el palacio. Que cada cual recuerde su papel; pues, en sustancia, lo que hay es que se prefiere a todo nuestra representación. En todo caso, que Tisbe se ponga ropa limpia; que no se recorte las uñas el que debe representar al león; porque es necesario que sobresalgan para representar las garras. Y no comáis ajos, por Dios, porque es menester que nos huela bien el aliento; con todo lo cual seguramente exclamarán todos: ¡qué preciosa comedia! Basta de charla. ¡Idos,

idos!

(Salen.)

****

ACTO QUINTO

ESCENA PRIMERA

Aposento en el palacio de Teseo.

(Entran TESEO, HIPÓLITA, FILOSTRATO, señores y séquito.)

HIPÓLITA.—¡Qué extraña cosa es, Teseo mío, lo que refieren estos amantes!

TESEO.—Más extraña que verdadera. Ya no creeré nunca en las antiguas fábulas ni en esos juegos de hadas. Los enamorados y los locos viven tan alucinados y con tan caprichosas fantasías que imaginan más de lo que la fría razón puede comprender. El lunático, el enamorado y el poeta no son más que un pedazo de imaginación. El uno ve más demonios de los que pueden caber en el infierno; éste es el loco furioso. El enamorado, no menos frenético que éste, ve la belleza de Elena en una cara bronceada de Egipto. El ojo del poeta, girando en medio de su arrobamiento, pasea sus miradas del cielo a la tierra y de la tierra al cielo; y como la imaginación produce formas de cosas desconocidas, la pluma del poeta las diseña y da nombre y habitación a cosas etéreas que no son nada. Tal es el poder alucinador de la imaginación, que le basta concebir una alegría para crear algún ser que se la trae; o en la noche, si presume algún peligro, ¡con cuánta facilidad toma un matorral por un oso!

HIPÓLITA.—Pero el ser repetida unánimemente la narración por todos, y el transfigurarse así la mente de todos ellos, dan testimonio de algo más que imágenes de la fantasía y toma más cuerpo el relato. Como quiera que sea, es extraño y admirable.

(Entran LISANDRO, DEMETRIO, HERMIA y ELENA.)

TESEO.—Aquí vienen los desposados, llenos de regocijo y buen humor. ¡Alegría, gentiles amigos! ¡Alegría y risueños días de amor acompañen vuestros corazones!

LISANDRO.—¡Más que a nosotros acompañen vuestros regios pasos, vuestra mesa y vuestro lecho!

TESEO.—Veamos ahora qué mascaradas, qué bailes tendremos para pasar esta eternidad de tres horas entre la de cenar y la de dormir. ¿Dónde está nuestro director de fiestas? ¿Qué pasatiempos se preparan? ¿No hay algún juego para distraer el fastidio de esta hora de tortura? Llamad a Filóstrato.

FILÓSTRATO.—Heme aquí, poderoso Teseo.

TESEO.—Di, ¿cómo vamos a aligerar esta noche? ¿Qué máscaras? ¿Qué música? ¿Cómo engañaremos al perezoso tiempo sino con algún deleite?

FILÓSTRATO.—Aquí tengo una relación de los festejos ya dispuestos. Vuestra alteza escogerá el que prefiera ver primero. (Dándole el papel.)

TESEO.—(Leyendo.) «La batalla de los centauros, cantada por un eunuco acompañándose por el arpa». No querernos nada de eso. Ya lo he referido a mi amada en honor de mi pariente Hércules. «El motín de las Bacantes ebrias destrozando en su cólera al cantor de Tracia». Ése es un tema manoseado y ya se exhibió la última vez que volví vencedor de Tebas. «Las nueve musas llorando la muerte del saber, que ha fallecido recientemente en la mendicidad». Esto es una especie de sátira, acerada y punzante, que no se aviene bien con una ceremonia nupcial. «Breve y fastidiosa escena del joven Píramo y su amante Tisbe, sainete muy trágico». ¿Sainete y trágico? ¿Breve y fastidioso? Esto es hielo caliente y nieve de color. ¿Cómo se podrán atar estos cabos?

FILÓSTRATO.—Señor, es una representación que apenas pasará de una docena de palabras, lo cual es lo más breve que en punto a representaciones se puede dar. Sin embargo, tiene como doce palabras ociosas; lo cual la hace fastidiosa porque en toda la representación no hay palabra adecuada ni actor idóneo. Y es trágica además, señor, porque en ella se suicida Píramo. Confieso que cuando vi el ensayo me reí hasta que se me saltaron las lágrimas; y a fe que nunca se habrán derramado con más júbilo.

TESEO.—¿Quiénes representan esto?

FILÓSTRATO.—Gentes rudas, trabajadores de Atenas que jamás ejercitaron la mente y ahora han sobrecargado su rústica memoria con este trozo en ocasión de vuestras bodas.

TESEO.—Y queremos oírlos.

FILÓSTRATO.—No, muy noble señor; no es cosa digna de vos. He oído la obra y no es nada, no vale absolutamente nada; a menos que os divierta su intento y el sobrehumano esfuerzo y la cruelísima labor que se han echado a cuestas creyendo serviros.

TESEO.—Oiré esa representación; porque nada me parece mal cuando se inspira en la ingenuidad y en el deber. Id a traerlos. Sentaos, señoras.

(Sale FILÓSTRATO.)

HIPÓLITA.—Duéleme ver fracasar a esos infelices en sus esfuerzos, y el celo sucumbir humillado.

TESEO.—¡Cómo, dulce amiga mía! No veréis tal cosa.

HIPÓLITA.—Dice que no son capaces de hacer nada aceptable en este género.

TESEO.—Pues será mayor bondad que les demos gracias por nada. Nos divertiremos con sus yerros. En cuanto emprende el buen deseo, el ánimo noble y generoso considera complacido, no el escaso mérito logrado, sino el de la intención. Adondequiera que fui, grandes letrados me han recibido con muy estudiadas arengas, y los he visto pálidos y temblorosos atascarse en medio de las frases, ahogar en su temor sus habituales acentos, y finalmente quedar callados y no darme bienvenida alguna. Pero ese mismo silencio, amada mía, era para mí cumplido lisonjero; y tan expresiva la modestia del deber tímido, como la bulliciosa lengua de una elocuencia audaz y parlera. El amor y la muda sencillez, a mi juicio, hablan más en menos palabras.

(Entra FILÓSTRATO.)

FILÓSTRATO.—Con la venia de vuestra alteza, el Prólogo está listo.

(Sonido de trompetas.)

TESEO.—Haced que se presente.

(Entra PRÓLOGO.)

PRÓLOGO.—«Si os ofendemos, será con nuestra buena voluntad. Eso debéis pensar, que no venimos a ofender, sino con nuestra buena voluntad. Dar una muestra de nuestro deseo de serviros, es el verdadero principio de nuestro fin. Considerad, pues, que si viniéramos a cansaros no vendríamos. Nuestro verdadero intento es: todo por vuestro deleite. Los actores están prontos; y por su exhibición sabréis lo que debéis saber».

TESEO.—Este mozo no hace mucho caso de la puntuación.

LISANDRO.—Ha pasado por su prólogo como un potro desbocado, no podía detenerse. Gran enseñanza, señor: no basta hablar, sino hablar con propiedad.

HIPÓLITA.—Es verdad que ha repetido su prólogo como un niño su lección: todo sonidos y ningún discernimiento.

TESEO.—Su discurso ha sido como una cadena que se enreda; no faltaba un solo anillo, pero andaban revueltos.

(Entran PÍRAMO y TISBE, MURO, LUZ DE LUNA, y LEÓN, personaje mudo.)

PRÓLOGO.—«Gentil público. Quizá os admiráis de este espectáculo, pero admiraos en buen hora hasta que la verdad lo haga ver todo claramente. Este hombre es Píramo, si queréis saberlo, y esta bella señora es Tisbe. Este hombre con cal y cimiento representa el muro, el vil muro que separaba a los dos amantes. Y por las grietas del muro los pobrecillos se contentaban con hablarse en voz baja, de lo cual ningún hombre se debe admirar. Este hombre con su linterna y su perro, representa la luz de la luna, porque habéis de saber que estos amantes no tuvieron a menos encontrarse a la luz de la luna junto al sepulcro de Nino, para galantearse allí. Esta pardusca bestia, que tiene por nombre león, asustó, o más bien, espantó a la fiel Tisbe, que llegó primero, y en su fuga dejó caer su manto, que el vil león manchó con su sangrienta boca. A tal punto llega Píramo, bello y arrogante mozo, y encuentra el manto destrozado de su fiel Tisbe, con lo cual echó mano a su espada; la culpable sanguinaria espada atravesó su hirviente y sangriento pecho, y Tisbe, oculta a la sombra de los matorrales, sacó su puñal y murió. Ahora discurran largamente el león, la luz de la luna, el muro y la pareja de amantes mientras estén aquí.»

(Salen PRÓLOGO, TISBE, LEÓN y LUZ DE LUNA.)

TESEO.—Dudoso estoy de si habrá de hablar el león.

DEMETRIO.—No hay que dudarlo, señor. Puede muy bien hablar un león cuando lo hacen tantos jumentos.

MURO.—«En este mismo sainete acontece que yo, de apellido Snowt, represento un muro; un muro tal como deseo que os lo imaginéis; que tiene un agujero, o sea, una grieta. Por allí los amantes Píramo y Tisbe se hablan a menudo muy secretamente. Esta cal, esta piedra y este cimiento, muestran que yo soy el muro. Así es la verdad. Y estas aberturas de mi mano derecha y de mi izquierda son las grietas por las cuales cuchichean los temerosos amantes.»

TESEO.—No cabe que la cal y el cimiento hablen mejor.

DEMETRIO.—Es la más ingeniosa relación que he oído jamás, señor.

TESEO.—Píramo se acerca al muro. ¡Silencio!

(Entra PÍRAMO.)

PÍRAMO.—«¡Oh fiera noche! ¡Noche de color tan negro! ¡Oh noche que siempre vienes cuando ya no es de día! ¡Oh noche! ¡Oh noche! ¡Ay de mí! ¡Ay de mí! ¡Ay de mí! ¡Temo que mi Tisbe haya olvidado su promesa! Y tú, ¡oh muro!, que estás entre las tierras de su padre y la mía. ¡Tú, muro, oh muro, oh dulce y adorable muro, muéstrame tu agujero para poner allí mi ojo y echar una mirada!»

(MURO levanta la mano abriendo los dedos.)

«¡Gracias, cortés muro! ¡Que Júpiter te proteja por tan raro servicio! Pero, ¿qué veo? Veo que no está Tisbe. ¡Oh muro malvado, por entre el cual no veo la dicha, malditas sean tus piedras que así me engañan!»

TESEO.—Se me figura que el muro, si es puntilloso, debería maldecir a su vez.

PÍRAMO.—No, señor, en realidad no debería hacerlo. «Así me engañan» es el punto en que le llega el turno a Tisbe, y ella ha de entrar, y yo he de ponerme a mirar por el agujero. Ya veréis cómo va ocurriendo exactamente cuanto digo. Ella se acerca.

(Entra TISBE.)

TISBE—«¡Oh muro! Con harta frecuencia has oído mis lamentos por tenerme tú separada de mi hermoso Píramo. Mis labios de cereza han besado a menudo tus piedras, tus piedras unidas con cal y cimiento.»

PÍRAMO.—«Veo una voz. Ahora voy a la abertura para asomarme y oír la cara de mi Tisbe. ¡Tisbe!»

TISBE.—«¡Amor mío! ¡Eres mi amor, a lo que opino!»

PÍRAMO.—«Opina lo que quieras. Soy la gracia de tu amor, y todavía soy fiel como Limandro.»

TISBE.—«Y yo como Elena, hasta que los hados den conmigo en tierra.»

PÍRAMO.—«No fue tan fiel Shafalo a Procro.»

TISBE.—«Pues yo te soy fiel como Shafalo a Procro.»

PÍRAMO.—«Oh, bésame por el agujero de esta maldita pared!»

TISBE.—«Beso el agujero del muro, pero no tus labios.»

PÍRAMO.—«¿Queréis venir a encontrarnos en el sepulcro de Nino?»

TISBE.—«En vida y en muerte; voy sin demora.»

MURO.—«Yo, muro, he desempeñado ya mi parte; y siendo así, se marcha el muro.»

(Salen MURO, PÍRAMO y TISBE.)

TESEO.—Ya está ahora caída la muralla entre los dos vecinos.

DEMETRIO.—Así ocurre forzosamente, señor, cuando las paredes se atreven a oír sin decir esta boca es mía.

HIPÓLITA.—Esto es la tontería más grande que he oído jamás.

TESEO.—La mejor comedia de este género es pura ilusión, y las peores no son lo peor, si la imaginación las enmienda.

HIPÓLITA.—Entonces el mérito será de vuestra imaginación y no de la suya.

TESEO.—Si no les juzgamos peor de lo que se juzgan ellos, podrán pasar por hombres excelentes. Mirad, ya vienen dos nobles bestias: la luna y un león.

(Entran LEÓN y LUZ DE LUNA.)

LEÓN.—«Señoras, vosotras cuyo tímido corazón amedrenta un ratoncillo que corre por el piso, pudierais acaso temblar de pavor aquí, cuando un león salvaje ruge colérico. Por tanto debéis saber que yo, el ensamblador Snowt, no soy ni león feroz ni siquiera cachorro, porque si viniera a luchar aquí como león de veras, no daría un ardite por mi vida.»

TESEO.—Bestia muy gentil, y de honrada conciencia.

DEMETRIO.—Una fiera fuera de lo corriente, señor.

LISANDRO.—Este león es, por su valor, un verdadero zorro.

TESEO.—Verdad; y un ganso en la prudencia.

DEMETRIO.—No, mi señor, porque el zorro carga con el ganso, y el valor no se acompaña de la prudencia.

TESEO.—Seguro estoy de que su ingenio no cargaría con su valor porque el ganso no carga con el zorro. Bien. Dejémoslo a su voluntad, y oigamos a la luna.

LUNA.—«Esta linterna representa la luna y sus cuernos.»

DEMETRIO.—En la cabeza debería llevarlos.

TESEO.—No está en creciente; los cuernos se le hacen invisibles cuando llega el plenilunio.

LUNA.—«Esta linterna representa la luna y sus cuernos; y yo al hombre de la luna.»

TESEO.—Pues que le metan en la linterna, porque si no, ¿cómo podrá ser el hombre de la luna? Este es el mayor error de todos.

DEMETRIO.—No se atreve a meterse a causa de la bujía, pues como veis ya está en pavesas.

HIPÓLITA.—Ya estoy cansada de esta luna. Me alegraría de que mudara.

LISANDRO.—Proseguid, luna.

LUNA.—Todo lo que tengo que decir, es que esta linterna representa la luna; yo, al hombre en la luna; que este manojo de zarzas es mi manojo de zarzas y que este perro es mi perro.

DEMETRIO.—Pues todas esas cosas debían ir dentro de la linterna, pues están en la luna. Pero, silencio; aquí llega Tisbe.

(Entra TISBE.)

TISBE.—«Esta es la tumba del viejo Nino. ¿Dónde está mi amor?»

LEÓN.—«!Oh!»

(El LEÓN ruge y TISBE huye.)

DEMETRIO.—¡Bien rugido, león!

TESEO.—¡Bien corrido, Tisbe!

HIPÓLITA.—¡Bien alumbrado, luna! En verdad la luna brilla muy de buen grado.

TESEO.—¡Soberbio chillido de ratoncillo, león!

(LEÓN destroza el manto de TISBE, y sale.)

DEMETRIO.—Y luego viene Píramo.

LISANDRO.—Y desaparece la luna.

(Entra PÍRAMO.)

PÍRAMO.—«¡Dulce luna, te doy gracias por tus rayos solares! ¡Te doy gracias porque brillas con tanto fulgor, pues con tus torrentes de luz graciosos, dorados y chispeantes, confío saborear la más verdadera vista de Tisbe! ¡Pero detente! ¡Oh despecho! Pero observa, pobre caballero, ¿qué terrible dolor se ofrece a mis ojos? ¿Veis? ¿Cómo puede ser esto? ¡Oh delicada tela! ¡Qué! ¡Tu buen manto manchado de sangre! ¡Acercaos, oh furias feroces! ¡Oh hados, venid, venid, cortad hilos y estambre, agostad, aplastad, concluid y matad!»

TESEO.—Este arrebato de pasión y la muerte de una amiga amada, casi, casi podrían poner triste a un hombre.

HIPÓLITA.—No quisiera, pero compadezco a ese hombre.

PÍRAMO.—«¡Oh naturaleza! ¿Por qué hiciste leones? Pues un vil león ha ajado a mi amada, la cual es… ¡no, no!; la cual era la más hermosa dama que haya amado, vivido, gustado y puesto alegre rostro. Venid, lágrimas, y enturbiad mis sentidos. Sal, espada, y hiere la tetilla de Píramo; sí, esta tetilla izquierda debajo de la que late el corazón. Así muero, así, así. Ya estoy muerto. Ya he volado. Mi alma está en el cielo. Apaga, lengua, tu luz; emprende, luna, tu vuelo. Ahora muero, muero, muero, muero.»

(Muere PÍRAMO. Se va LUZ DE LUNA.)

DEMETRIO.—Morirás, ras, ras; es un as, porque no es más que uno.

LISANDRO.—Menos que un as, hombre. Porque está muerto: no es nada.

TESEO.—Pero con el auxilio de un cirujano puede resucitar hecho un as… no.

HIPÓLITA.—¿Cómo es que la luz de la luna se va antes de que Tisbe vuelva a encontrar a su amante?

TESEO.—Ya lo encontrará a la luz de las estrellas. Aquí viene, y su desolación pone fin al sainete.

(Entra TISBE.)

HIPÓLITA.—Se me antoja que esa desolación no ha de ser muy larga, para semejante Píramo.

DEMETRIO.—Una hebra de pelo haría inclinar la balanza entre el mérito de Píramo y el de Tisbe.

LISANDRO.—Ya le ha observado con esos dulces ojos.

DEMETRIO.—Y dirá ahora, a saber…

TISBE.—«¿Duermes, amor mío? ¡Qué! ¿Muerto, pichón mío? ¡Oh, Píramo, levántate y habla, habla! ¿Mudo? ¡Muerto! ¡Muerto y frío! Una tumba debe cubrir esos dulces ojos. Esas cejas color de lirio, esa nariz de cereza, esas mejillas color de retama, se ha ido. ¡Se han ido! ¡Gemid, amantes! ¡Sus ojos eran verdes como alfalfa! ¡Oh parcas! ¡Venid a mí, venid, con manos pálidas como la leche, y teñidlas en mi sangre, ya que habéis cortado con vuestras tijeras su sedoso hilo! Lengua, no digas ni una palabra más. Ven, fiel espada; ven, hoja, y queda embutida en mi pecho. Y adiós, amigos, así acaba Tisbe, adiós, adiós.»

(Muere TISBE.)

TESEO.—El león y la luz de la luna quedan para enterrar a los muertos.

DEMETRIO.—Y el muro también.

BOTTOM.—No. Os aseguro que el muro que separaba a sus padres está derribado. ¿Deseáis ver el epílogo, o preferís que baile una pareja una danza bergamasca?

TESEO.—No hay necesidad de epílogo, pues vuestro sainete no necesita excusas. Cuando todos los actores están muertos no hay a quién echar la culpa. A fe mía que si el autor de la pieza hubiera hecho de Píramo y se hubiese ahorcado con una liga de Tisbe, habría sido una linda tragedia. Pero con todo, lo es, y muy bien desempeñada. Pero veamos el baile.

(Baile de bufones.)

La campana de media noche ha sonado las doce. Amantes, al lecho. Es casi la hora de las hadas. Temo que dormiremos hasta muy entrada la mañana. Y aunque hemos velado un poco, este desatinado sainete nos ha hecho matar bien el pesado tiempo. Al lecho, amables amigos míos. Durante quince días continuaremos esta festividad, con nocturnos pasatiempos y nuevos festejos.

(Salen.)

ESCENA SEGUNDA

(Entra PUCK.)

PUCK.—Ahora ruge el león hambriento y aúlla el lobo a la luna, mientras ronca el cansado labrador, abrumado por su ruda tarea. Ahora arden los tizones abandonados mientras el búho, con agudo chillido, hace que el infeliz hundido en la congoja se acuerde del sudario. Ésta es la hora de la noche en que las tumbas se abren del todo para dejar salir los espectros, que se deslizan por los senderos del cementerio y de la iglesia; y nosotros, duendes y hadas, huimos de la presencia del sol, siguiendo las sombras como un sueño. ¡Qué alegría la nuestra en este instante! No habrá ni un ratón que perturbe este hogar. Enviáronme, escoba en mano, a barrer el polvo detrás de la puerta.

(Entran OBERÓN y TITANIA y séquito.)

OBERÓN.—Brillen alegres luces junto a la lumbre medio apagada. Y cada duende y hada salte tan ligero como el ave sobre los espinos. Y siguiéndome, bailen y canten alegremente.

TITANIA.—Repetid primero esta canción, acompañando cada palabra con melodioso trino. Y con gracia propia de hadas, mano a mano, cantemos y bendigamos este lugar.

TODOS.—(Bailan.)

OBERÓN.—(Canta.)

Ahora hasta rayar el día,

habiten aquí las hadas,

y de las tres desposadas

bendigamos a la mejor.

La prole que nazca de ella

será siempre venturosa;

cada pareja amorosa

siempre fiel será a su amor.

Ni mostrará tacha alguna

su descendencia lejana,

de todas las que importuna

la naturaleza da.

Con las gotas del rocío

consagremos esta casa,

donde a sus dueños escasa

nunca la dicha será.

Cantad y bailad ahora

hasta que raye la aurora.

(Salen.)

PUCK.—(Canta.)

Si nosotros, sombras, os hemos ofendido

pensad esto, y todo queda arreglado:

que no habéis sino soñado

mientras estas visiones surgieron.

Y este tema fútil y ocioso,

producto sino de un sueño,

señores, no reprendáis;

si otorgáis vuestro perdón,

haber hemos de enmendarnos.

Y, puesto que honesto Puck soy,

si alcanzamos la inmerecida gracia

de escapar ahora del silbido de la sierpe,

pronto nos amistaremos,

o mentiroso podéis llamarme.

Así pues, buenas noches a todos.

Aplaudid, si amigos somos,

y Robín todo lo arreglará.

(Se va PUCK.)

FIN